bibliocollège

Poèmes
4ᵉ-3ᵉ

Notes, questionnaires et Dossier Bibliocollège
par **Niloufar SADIGHI**,
professeur agrégé de Lettres modernes,
professeur en collège et lycée

Crédits photographiques
p. 5 : Photothèque Hachette Livre. **p. 7** : Paul Eluard et Nush, © Roger-Viollet. **pp. 8, 10, 14** : Photothèque Hachette Livre. **p. 25** : Photo © RMN-J.-G. Berizzi. **p. 27** : *La Guerre ou la Chevauchée de la Discorde* (détail), 1894, peinture d'Henri Rousseau, dit le Douanier Rousseau (1844-1910), Paris, Musée d'Orsay, Photo Photothèque Hachette Livre. **p. 28** : Photo © National Gallery, Londres. **p. 48** : *Autoportrait* (détail), peinture de Vincent Van Gogh (1853-1890), 1889, Oslo, Galerie Nationale, Photo Photothèque Hachette Livre. **p. 51** : Photo Photothèque Hachette Livre. **p. 60** : Cone Collection, Baltimore Museum of Art, © ADAGP, 2003, Cliché Bibliothèque Kandinsky, Centre de documentation et de recherche du Mnam-Georges Pompidou, © Marc Vaux. **p. 65** : *Portrait de jeune homme* (détail), peinture de Raphaël (1483-1520), Paris, Musée du Louvre, Photo Photothèque Hachette Livre. **p. 66** : Photo Photothèque Hachette Livre. **p. 81** : Cosmographie universelle selon les navigateurs, tant anciens que modernes (détail), par Guillaume Le Testu, 1556, Paris, Bibliothèque du ministère de la Défense, Photo Photothèque Hachette Livre. **pp. 82, 86, 89, 95, 97** : Photo Photothèque Hachette Livre. **p. 105** : *Le Loup et le Chien*, gravure (détail) d'après J.-J. Grandville pour la fable de La Fontaine, 1838, Photo Photothèque Hachette Livre. **p. 108** : Photo Photothèque Hachette Livre.

Conception graphique

Couverture : *Laurent Carré*

Intérieur : *ELSE*

Mise en page

Médiamax

Illustration des questionnaires

Harvey Stevenson

Dossier pédagogique téléchargeable gratuitement sur :
www.enseignants.hachette-education.com

ISBN :978-2-01-168688-6

© HACHETTE LIVRE, 58 rue Jean Bleuzen, CS 70007, 92178 Vanves Cedex.
www.parascolaire.hachette-education.com
Tous droits de traduction, de reproduction et d'adaptation réservés pour tous pays.

Le Code de la propriété intellectuelle n'autorisant, aux termes des articles L.122-4 et L.122-5, d'une part, que les « copies ou reproductions strictement réservées à l'usage privé du copiste et non destinées à une utilisation collective », et, d'autre part, que « les analyses et les courtes citations » dans un but d'exemple et d'illustration, « toute représentation ou reproduction intégrale ou partielle, faite sans le consentement de l'auteur ou de ses ayants droit ou ayants cause, est illicite ».
Cette représentation ou reproduction, par quelque procédé que ce soit, sans l'autorisation de l'éditeur ou du Centre français de l'exploitation du droit de copie (20, rue des Grands-Augustins, 75006 Paris), constituerait donc une contrefaçon sanctionnée par les articles 425 et suivants du Code pénal.

Sommaire

Introduction 5

POÈMES
Poèmes choisis et questionnaires

Amours
Je vis, je meurs…, de Louise Labé 7
Chanson de Fortunio, d'Alfred de Musset 9
Mon rêve familier, de Paul Verlaine 11
La Loreley, de Guillaume Apollinaire 12
La courbe de tes yeux…, de Paul Eluard 18
Les Yeux d'Elsa, de Louis Aragon 21
Femme noire, de Léopold Sédar Senghor 24
Le jardin, de Jacques Prévert 26

L'engagement
Le dormeur du val, d'Arthur Rimbaud 27
Liberté, de Paul Eluard 31
Ballade de celui qui chanta dans les supplices,
de Louis Aragon 35
Barbara, de Jacques Prévert 41
Pour un F.F.I. noir blessé, de Léopold Sédar Senghor 43
Le déserteur, de Boris Vian 44
Berceuse à Auschwitz, de Pierre Morhange 46
Le chant des partisans, de Maurice Druon et Joseph Kessel ... 47

L'expression du moi
Rubayat, d'Omar Khayyam 49
France, mère des arts, des armes et des lois…,
de Joachim du Bellay 50
Une allée du Luxembourg, de Gérard de Nerval 52
L'albatros, de Charles Baudelaire 53
Chanson de la plus haute tour, d'Arthur Rimbaud 56
Chanson d'automne, de Paul Verlaine 58

Le pont Mirabeau, de Guillaume Apollinaire 59
Brise marine, de Stéphane Mallarmé 64

L'adolescence
Mignonne, allons voir si la rose..., de Pierre de Ronsard 65
Vieille chanson du jeune temps, de Victor Hugo 70
Ma bohème, d'Arthur Rimbaud 72
Roman, d'Arthur Rimbaud 76
Prose du Transsibérien et de la petite Jeanne de France,
de Blaise Cendrars 78
Si tu t'imagines, de Raymond Queneau 79

L'expérience du monde
Je me ferai savant en la philosophie...,
de Joachim du Bellay 81
Les deux Pigeons, de Jean de La Fontaine 83
Oceano nox, de Victor Hugo 87
L'invitation au voyage, de Charles Baudelaire 90
Les conquérants, de José Maria de Heredia 96
Aube, d'Arthur Rimbaud 101
Menus, de Blaise Cendrars 102

Le dialogue
Les Animaux malades de la Peste, de Jean de La Fontaine ... 105
Le Loup et le Chien, de Jean de La Fontaine 113
Conversation, de Jean Tardieu 115
La môme néant, de Jean Tardieu 116
Pourquoi n'allez-vous pas à Paris, de René Guy Cadou 119
L'accent grave, de Jacques Prévert 120

Dossier Bibliocollège

Petit traité de versification 134
Il était une fois la poésie 142
Groupement de textes : « Poèmes en prose » 152
Bibliographie 159

Introduction

Cette anthologie vous propose une sélection de poèmes rassemblés par groupements thématiques et offrant une vision de la poésie du XVIe siècle à nos jours. Libre à vous de la feuilleter et de lire les poèmes au gré de votre curiosité…
Trois de ces groupements privilégient le lyrisme, c'est-à-dire l'expression personnelle des sentiments et des émotions (Amours, L'expression du moi, L'adolescence) tandis que les trois autres ont pour thème le poète et le monde qui l'entoure (L'engagement, L'expérience du monde, Le dialogue).
Le thème de l'amour, en tant que plus haute expression du lyrisme, a inspiré quelques-uns des plus beaux poèmes de langue française. Le premier groupement, « Amours », offre ainsi un éventail de textes où le sentiment lyrique s'épanche tour à tour sur le mode passionnel, nostalgique ou heureux. Le lyrisme ne se réduit pas à la poésie amoureuse, il est aussi le mode d'expression de la nostalgie, du regret, du jugement subjectif et de l'émotion

Portrait d'Arthur Rimbaud par Paul Verlaine, juin 1872.

personnelle, comme le montrent les poèmes du troisième groupement, « L'expression du moi », mais aussi les poèmes du quatrième groupement, « L'adolescence », qui associent le thème lyrique du temps qui passe aux figures de poètes-adolescents.
Cependant, la poésie n'est ni repli narcissique sur soi, ni enfermement dans une conscience particulière ; car au-delà de ses sentiments propres, le poète touche à l'universel : c'est au nom de tous les hommes qu'il écrit. Cette présence au monde est sensible dans les poèmes du deuxième groupement, « L'engagement » : le poète s'exprime au nom de ses frères humains et livre bataille avec les armes qui sont les siennes, les mots et les images. Le cinquième groupement, « L'expérience du monde », prouve que par présence au monde, il faut aussi comprendre l'expérience de tout homme face à un univers changeant, subtil, parfois menaçant mais aussi plein de promesses, celui que le poète rêve d'explorer ou contre lequel il met en garde. Enfin le sixième groupement, « Le dialogue », s'attache aux autres, au monde des hommes, à la société où chaque être joue un rôle, tient une place, comme sur une vaste scène de théâtre. Tantôt cruel, tantôt drôle, ce théâtre prend vie grâce au dialogue, c'est-à-dire au langage, qui est l'alpha et l'oméga du travail poétique.
Ce recueil a l'ambition de permettre à chacun de trouver quelques poèmes qui le toucheront, et peut-être de s'interroger sur les pouvoirs de la poésie dans un monde où tout est soumis à la loi du rendement et de l'utilité. On s'apercevra alors que, plus que jamais, il est « utile » de lire de la poésie, non seulement pour prendre conscience des richesses infinies de la langue, mais pour garder un recul vital face au flot des images dont nous abreuve la société de l'audiovisuel ; pour préserver un espace de méditation intime, une liberté de regard, une sensibilité indépendante des modes et des courants esthétiques. La poésie, tout comme la musique, avec laquelle elle s'est longtemps confondue, fait partie des arts qui aident à mieux vivre parce qu'elle est nourriture de l'âme.

Amours

Louise Labé (1524-1566) *est l'une des rares femmes à s'être illustrée en poésie. Née à Lyon, celle que l'on surnomma la Belle Cordière reçut une éducation raffinée et complète qui lui permit de prendre part à la vie littéraire et mondaine de son temps. Elle a laissé trois élégies et vingt-quatre sonnets qui ont suffi à faire d'elle l'une des figures majeures de l'École lyonnaise. Le sonnet suivant, où s'exprime la passion amoureuse au féminin, allie la maîtrise formelle au lyrisme le plus sincère.*

Je vis, je meurs...

Je vis, je meurs ; je me brûle et me noie ;
J'ai chaud extrême[1] en endurant froidure[2] ;
La vie m'est et trop molle[3] et trop dure ;
J'ai grands ennuis[4] entremêlés de joie.

---

notes

1. chaud extrême : extrêmement chaud.
2. froidure : le froid.
3. molle : douce, agréable.
4. ennuis : peines, souffrances.

Amours

5 Tout à un coup je ris et je larmoie,
Et en plaisir maint grief[1] tourment j'endure ;
Mon bien[2] s'en va, et à jamais il dure ;
Tout en un coup je sèche et je verdoie.

Ainsi Amour inconstamment[3] me mène ;
10 Et quand je pense avoir plus de douleur,
Sans y penser je me trouve hors de peine.

Puis, quand je crois ma joie être certaine
Et être au haut de mon désiré heur[4],
Il me remet en mon premier malheur.

Louise Labé, « Je vis, je meurs… », Sonnets, VIII, 1555.

Conversation dans un jardin.
Miniature du manuscrit « Renaud de Montauban », XVe siècle.

notes

1. grief : grave, douloureux.
2. bien : bonheur.
3. inconstamment : avec inconstance, de manière imprévisible.
4. mon désiré heur : mon bonheur.

Alfred de Musset (1810-1857), *« l'enfant prodige du romantisme », fut à la fois poète et dramaturge. Son talent précoce et sa sensibilité à fleur de peau lui assurent des succès littéraires mais son esprit tourmenté et indépendant le marginalise peu à peu. Son œuvre poétique, à la fois passionnée et fantaisiste, est en grande partie le reflet d'une vie orageuse. La « Chanson de Fortunio », à la tonalité lyrique, exprime avec simplicité la nostalgie de l'amour courtois ou chevaleresque.*

Chanson de Fortunio

Si vous croyez que je vais dire
    Qui j'ose aimer,
Je ne saurais pour un empire
    Vous la nommer.

5 Nous allons chanter à la ronde,
    Si vous voulez,
Que je l'adore et qu'elle est blonde
    Comme les blés.

Je fais ce que sa fantaisie
10   Veut m'ordonner,
Et je puis, s'il lui faut ma vie,
    La lui donner.

Du mal qu'une amour[1] ignorée
    Nous fait souffrir,
15 J'en porte l'âme déchirée,
    Jusqu'à mourir.

---

note

1. une amour : le féminin est admis en poésie.

Mais j'aime trop pour que je die[1]
    Qui j'ose aimer,
Et je veux mourir pour ma mie,
    Sans la nommer.

Alfred de Musset, « Chanson de Fortunio », *Poésies nouvelles*, 1836.

Les Allemands, scène idyllique.
Lithographie d'Achille Deveria (1800-1857), 1836.

note

1. *pour que je die* : « pour que je dise. »

Paul Verlaine (1844-1896) *est un poète à la sensibilité inquiète qui a durablement influencé la poésie française. Sa poésie, d'apparence simple, voire naïve, est en réalité d'une grande subtilité. Les images, les symboles et la musicalité du vers ont été au centre des préoccupations de Verlaine, notamment dans les* Poèmes saturniens *(1866), dont est extrait le sonnet suivant, empreint de lyrisme et de mystère.*

Mon rêve familier

Je fais souvent ce rêve étrange et pénétrant
D'une femme inconnue, et que j'aime, et qui m'aime,
Et qui n'est, chaque fois, ni tout à fait la même
Ni tout à fait une autre, et m'aime et me comprend.

5   Car elle me comprend, et mon cœur, transparent
Pour elle seule, hélas ! cesse d'être un problème
Pour elle seule, et les moiteurs de mon front blême,
Elle seule les sait rafraîchir, en pleurant.

Est-elle brune, blonde ou rousse ? – Je l'ignore.
10 Son nom ? Je me souviens qu'il est doux et sonore
Comme ceux des aimés que la Vie exila.

Son regard est pareil au regard des statues,
Et, pour sa voix, lointaine, et calme, et grave, elle a
L'inflexion[1] des voix chères qui se sont tues.

Paul Verlaine, « Mon rêve familier », *Poèmes saturniens*, 1866.

---

1. inflexion : variation de la sonorité et du ton.

Amours

***Guillaume Apollinaire (1880-1918)** est un poète épris de modernité. Passionné par l'Art Nouveau du début du XXe siècle, ami de nombreux artistes tels que Picasso ou Derain, il a renouvelé la poésie, notamment à travers le recueil* Alcools, *dont est extrait* « La Loreley », *transcription poétique d'une légende rhénane.*

La Loreley

À Bacharach[1] il y avait une sorcière blonde
Qui laissait mourir d'amour tous les hommes à la ronde

Devant son tribunal l'évêque la fit citer
D'avance il l'absolvit[2] à cause de sa beauté

5 Ô belle Loreley aux yeux pleins de pierreries
De quel magicien tiens-tu ta sorcellerie

Je suis lasse de vivre et mes yeux sont maudits
Ceux qui m'ont regardée évêque en ont péri

Mes yeux ce sont des flammes et non des pierreries
10 Jetez jetez aux flammes cette sorcellerie

Je flambe dans ces flammes ô belle Loreley
Qu'un autre te condamne tu m'as ensorcelé

Évêque vous riez Priez plutôt pour moi la Vierge
Faites-moi donc mourir et que Dieu vous protège

---

notes

1. Bacharach : rocher dominant la rive du Rhin.

2. il l'absolvit : il lui donna l'absolution, c'est-à-dire lui pardonna ses péchés.

15 Mon amant est parti pour un pays lointain
Faites-moi donc mourir puisque je n'aime rien

Mon cœur me fait si mal il faut bien que je meure
Si je me regardais il faudrait que j'en meure

Mon cœur me fait si mal depuis qu'il n'est plus là
20 Mon cœur me fit si mal du jour où il s'en alla

L'évêque fit venir trois chevaliers avec leurs lances
Menez jusqu'au couvent cette femme en démence

Va-t'en Lore en folie va Lore aux yeux tremblants
Tu seras une nonne vêtue de noir et blanc

25 Puis ils s'en allèrent sur la route tous les quatre
La Loreley les implorait et ses yeux brillaient comme des astres

Chevaliers laissez-moi monter sur ce rocher si haut
Pour voir une fois encore mon beau château

Pour me mirer une fois encore dans le fleuve
30 Puis j'irai au couvent des vierges et des veuves

Là-haut le vent tordait ses cheveux déroulés
Les chevaliers criaient Loreley Loreley

Tout là-bas sur le Rhin s'en vient une nacelle[1]
Et mon amant s'y tient il m'a vue il m'appelle

---

note

1. nacelle : barque.

35 Mon cœur devient si doux c'est mon amant qui vient
Elle se penche alors et tombe dans le Rhin

Pour avoir vu dans l'eau la belle Loreley
Ses yeux couleur du Rhin ses cheveux de soleil

> Guillaume Apollinaire, « La Loreley », *Alcools*, Gallimard, 1913.

**Le rocher de la Loreley, haut de 300 mètres, sur la rive droite du Rhin.
Gravure d'après un dessin du capitaine Batty, en 1824.**

Au fil du texte

Questions sur *La Loreley* (pages 12 à 14)

AVEZ-VOUS BIEN LU ?

1. Où la légende est-elle située ? Quel est le fleuve cité dans le texte ?

2. Quels indices permettent de situer la légende au Moyen Âge ?

3. Pour quel motif la Loreley est-elle condamnée ?

4. Quel est le dénouement du récit ?

ÉTUDIER LE VOCABULAIRE ET LA GRAMMAIRE

5. Relevez le champ lexical de la religion dans tout le poème.

6. Relevez trois termes appartenant à une même famille de mots dans les vers 1 à 12.

7. Relevez deux termes synonymes dans les vers 19 à 24.

8. Quel type de proposition subordonnée est employé au vers 2 ?

9. Quel est le mode des verbes dans les propositions « *Qu'un autre te condamne* » (vers 12) et « *que Dieu vous protège* » (vers 14) ? Quelle est ici la valeur de ce mode ?

Au fil du texte

type de phrase : à chaque acte de parole correspond un type de phrase : déclaratif, interrogatif, injonctif ou exclamatif.

allitération : répétition d'une même consonne dans un vers ou une phrase.

métaphore : rapprochement de deux éléments pour en souligner la ressemblance sans outil de comparaison.
Exemple : La mer est un miroir.

comparaison : mise en relation de deux éléments pour en souligner la ressemblance à l'aide d'un outil de comparaison (comme, tel…).
Exemple : La mer est comme un miroir.

symbole : représentation d'une réalité par une autre.
Exemple : La colombe est le symbole de la paix.

ÉTUDIER LE RÉCIT ET LE DISCOURS

10. Distinguez le récit du dialogue en relevant les numéros de vers. Quelle est la partie la plus importante ?

11. Quels sont les temps du récit ?

12. Relevez les marques du discours direct (pronoms personnels, temps).

13. Relevez un exemple de chaque type de phrase*.

ÉTUDIER L'ÉCRITURE
(VOIR DOSSIER BIBLIOCOLLÈGE, P. 134)

14. Quelle est la particularité de la ponctuation dans ce poème ?

15. Les vers de ce poème sont-ils de longueur égale ? Quels types de vers sont utilisés ?

16. Observez la disposition des rimes. Comment se nomme cet agencement ?

17. Relevez les allitérations* du vers 11. Quel est l'effet produit par ces sonorités ?

ÉTUDIER LES IMAGES

18. Relevez et expliquez les différentes images employées pour décrire les yeux de la Loreley : distinguez métaphores* et comparaisons*.

19. Le mot « *flammes* » a-t-il le même sens dans les vers 9 à 11 ? Précisez l'image ou le symbole* qui est évoqué à chaque fois.

20. Relisez le poème. Quelle métaphore reprend l'adjectif « *blonde* » ?

ÉTUDIER LA LÉGENDE DE LA LORELEY

21. En vous aidant des ressources du CDI, faites une recherche sur les origines de cette légende. Quels éléments sont inspirés des mythes grecs de Narcisse, de Méduse, des Sirènes ?

22. Cherchez les traductions des poèmes allemands inspirés de cette légende, notamment ceux de Heinrich Heine et de Clemens Brentano, poètes allemands du XIXe siècle, et comparez-les avec la version d'Apollinaire.

LIRE L'IMAGE

Voir document page 14.

23. Décrivez les plans* successifs de la gravure. Comment le rocher de la Loreley est-il mis en valeur (contrastes, lumière, position) ?

24. Quelle atmosphère se dégage de cette gravure ? Vous paraît-elle fidèle à l'esprit de la légende ?

À VOS PLUMES !

25. Réécrivez la légende de la Loreley sous forme de conte en respectant les étapes suivantes : situation initiale*, élément perturbateur*, péripéties, élément de résolution et situation finale*. Vous êtes libre d'introduire des détails et de développer certains thèmes (la magie, l'amant parti au loin, le danger des rives du Rhin).

---

plan : chacune des parties d'une image définie par son éloignement de l'œil.

situation initiale : état stable du début de l'histoire.

élément perturbateur : événement ou incident qui déclenche l'histoire.

situation finale : état d'arrivée, toujours différent de la situation initiale.

Paul Eluard (1895-1952) *a chanté tout au long de son œuvre le miracle de la vie et de l'amour. Surréaliste ou engagée, sa poésie célèbre la femme aimée, la liberté, un possible bonheur de vivre.* Capitale de la douleur, *paru en 1926, est le premier recueil majeur du poète. Il y mêle, comme dans ce poème, les images audacieuses du surréalisme à un penchant naturel pour le lyrisme.*

La courbe de tes yeux...

La courbe de tes yeux fait le tour de mon cœur,
Un rond de danse et de douceur,
Auréole du temps, berceau nocturne et sûr,
Et si je ne sais plus tout ce que j'ai vécu
5   C'est que tes yeux ne m'ont pas toujours vu.

Feuilles de jour et mousse de rosée,
Roseaux du vent, sourires parfumés,
Ailes couvrant le monde de lumière,
Bateaux chargés du ciel et de la mer,
10 Chasseurs des bruits et sources des couleurs

Parfums éclos d'une couvée d'aurores
Qui gît toujours sur la paille des astres,
Comme le jour dépend de l'innocence
Le monde entier dépend de tes yeux purs
15 Et tout mon sang coule dans leurs regards.

Paul Eluard, « La courbe de tes yeux... »,
Capitale de la douleur, Gallimard, 1926.

Au fil du texte

Questions sur *La courbe de tes yeux...* (page 18)

AVEZ-VOUS BIEN LU ?

1. À qui le poète s'adresse-t-il ?
2. Quel est le message du poème ?
3. De combien de phrases le poème est-il composé ?

ÉTUDIER LE VOCABULAIRE ET LA GRAMMAIRE

4. Quel est le sens de l'adjectif « *nocturne* » (vers 3) ? Cherchez dans le dictionnaire d'autres mots de la même famille.
5. Cherchez le sens du mot « *auréole* » (vers 3). À quel champ lexical appartient-il d'habitude ?
6. Donnez un synonyme du mot « *astres* » (vers 12).
7. Que signifie le verbe « *gît* » (vers 12) ? Sur quel infinitif est-il formé ?
8. Relevez un rapport de cause à conséquence dans la première strophe.
9. Trouvez une proposition subordonnée relative dans le poème : relevez le pronom relatif et son antécédent.

ÉTUDIER LA FORME DU POÈME (VOIR DOSSIER BIBLIOCOLLÈGE, P. 134)

10. De combien de strophes se compose le poème ? De quel type de strophe s'agit-il ?
11. Observez la disposition des rimes. S'agit-il d'une disposition régulière ?
12. Quels sont les types de vers utilisés dans ce poème ?

Au fil du texte — La courbe de tes yeux

ÉTUDIER LES IMAGES

13. Relevez trois termes évoquant le motif du cercle ou de la courbe dans la première strophe.

14. Quelle est l'image suggérée par les termes suivants : « *berceau* » (vers 3), « *ailes couvrant* » (vers 8), « *couvée* » (vers 11), « *éclos* » (vers 11), « *paille* » (vers 12) ? Quel pouvoir le poète reconnaît-il aux yeux de la femme aimée ?

15. Relevez toutes les métaphores★ qui se rapportent aux yeux dans ce poème. Distinguez celles qui contiennent un élément naturel.

16. Quelles métaphores vous paraissent les plus surprenantes ? Pourquoi ?

17. Relevez et expliquez la comparaison★ de la dernière strophe.

> *métaphore :* rapprochement de deux éléments pour en souligner la ressemblance sans outil de comparaison.
> *Exemple :* La mer est un miroir.
>
> *comparaison :* mise en relation de deux éléments pour en souligner la ressemblance à l'aide d'un outil de comparaison (comme, tel, ainsi que, pareil à, etc.).
> *Exemple :* La mer est comme un miroir.

LIRE L'IMAGE

Voir document page 7.

18. Décrivez cette photo représentant le poète Paul Eluard et sa femme Nush, à qui est dédié le poème. Soyez attentif(ve) au cadrage, à la position des visages, aux regards.

À VOS PLUMES !

19. En vous aidant des ressources du CDI, renseignez-vous sur les procédés d'écriture des poètes surréalistes et composez à votre tour un petit poème où vous utiliserez des métaphores surprenantes par association d'éléments.

Lié dès ses débuts au cercle des poètes surréalistes réuni autour d'André Breton et de Paul Eluard, **Louis Aragon (1897-1982)** *est romancier et poète. Son œuvre, riche et variée, porte la double empreinte du lyrisme amoureux et de l'engagement politique. L'amour de sa femme Elsa Triolet ainsi que les événements de la guerre et de l'Occupation lui inspirent en 1942* Les Yeux d'Elsa, *recueil où se mêlent les thèmes du malheur et de l'espoir.*

Les Yeux d'Elsa

Tes yeux sont si profonds qu'en me penchant pour boire
J'ai vu tous les soleils y venir se mirer
S'y jeter à mourir tous les désespérés
Tes yeux sont si profonds que j'y perds la mémoire

5 À l'ombre des oiseaux c'est l'océan troublé
Puis le beau temps soudain se lève et tes yeux changent
L'été taille la nue au tablier des anges
Le ciel n'est jamais bleu comme il l'est sur les blés

Les vents chassent en vain les chagrins de l'azur
10 Tes yeux plus clairs que lui[1] lorsqu'une larme y luit
Tes yeux rendent jaloux le ciel d'après la pluie
Le verre n'est jamais si bleu qu'à sa brisure.

---
note

1. lui : l'azur.

Mère des Sept douleurs ô lumière mouillée
Sept glaives ont percé le prisme des couleurs[1]
15 Le jour est plus poignant qui point[2] entre les pleurs
L'iris troué de noir plus bleu d'être endeuillé

Tes yeux dans le malheur ouvrent la double brèche
Par où se reproduit le miracle des Rois[3]
Lorsque le cœur battant ils virent tous les trois
20 Le manteau de Marie accroché dans la crèche

Une bouche suffit au mois de Mai des mots
Pour toutes les chansons et pour tous les hélas
Trop peu d'un firmament pour des millions d'astres
Il leur fallait tes yeux et leurs secrets gémeaux[4]

25 L'enfant accaparé par les belles images
Écarquille les siens moins démesurément
Quand tu fais les grands yeux je ne sais si tu mens
On dirait que l'averse ouvre des fleurs sauvages

Cachent-ils des éclairs dans cette lavande où
30 Des insectes défont leurs amours violentes
Je suis pris au filet des étoiles filantes
Comme un marin qui meurt en mer en plein mois d'août

---

notes

1. le prisme des couleurs : l'éventail des sept couleurs de l'arc-en-ciel.

2. point : apparaît.
3. Rois : il s'agit des Rois Mages.

4. gémeaux : constellation du zodiaque, image désignant les yeux.

J'ai retiré ce radium de la pechblende[1]
Et j'ai brûlé mes doigts à ce feu défendu
Ô paradis cent fois retrouvé reperdu
Tes yeux sont mon Pérou ma Golconde[2] mes Indes

Il advint qu'un beau soir l'univers se brisa
Sur des récifs que les naufrageurs enflammèrent
Moi je voyais briller au-dessus de la mer
Les yeux d'Elsa les yeux d'Elsa les yeux d'Elsa

Louis Aragon, *Les Yeux d'Elsa*, Seghers, 1942.

---

notes

1. pechblende : minerai à forte teneur en uranium et en radium ; l'image souligne ici la dangereuse force d'attraction des yeux.

2. Golconde : ancienne cité de l'Inde, célèbre pour ses diamants et sa richesse légendaire.

Léopold Sédar Senghor (1906-2001) *est un poète sénégalais de langue française. Après de brillantes études à Dakar puis à Paris, il devient professeur, député et enfin président de la République du Sénégal (1960-1980). Il est l'un des principaux pionniers de la « négritude » – mouvement littéraire revendiquant la fierté d'appartenir à la race noire – et de la francophonie. Son œuvre exalte, dans une langue chatoyante alliant les influences classiques aux images africaines, l'amour de sa terre natale et du peuple noir.*

Femme noire

Femme nue, femme noire
Vêtue de ta couleur qui est vie, de ta forme qui est beauté !
J'ai grandi à ton ombre ; la douceur de tes mains bandait mes yeux.
5   Et voilà qu'au cœur de l'Été et de Midi, je te découvre, Terre promise, du haut d'un haut col calciné
Et ta beauté me foudroie en plein cœur, comme l'éclair d'un aigle.

Femme nue, femme obscure
10 Fruit mûr à la chair ferme, sombres extases du vin noir, bouche qui fais lyrique ma bouche
Savane aux horizons purs, savane qui frémis aux caresses ferventes du Vent d'Est
Tamtam sculpté, tamtam tendu qui grondes sous les doigts
15   du vainqueur
Ta voix grave de contralto est le chant spirituel de l'Aimée.

Femme nue, femme obscure
Huile que ne ride nul souffle, huile calme aux flancs de l'athlète, aux flancs des princes du Mali

Amours

20 Gazelle aux attaches célestes, les perles sont étoiles
       sur la nuit de ta peau
    Délices des jeux de l'esprit, les reflets de l'or rouge
       sur ta peau qui se moire
    À l'ombre de ta chevelure, s'éclaire mon angoisse
25   aux soleils prochains de tes yeux.

Femme nue, femme noire
Je chante ta beauté qui passe, forme que je fixe dans l'Éternel
Avant que le Destin jaloux ne te réduise en cendres
    pour nourrir les racines de la vie.

Léopold Sédar Senghor, « Femme noire »,
Chants d'ombre, Seuil (1945), in *Œuvre poétique*,
© Éditions du Seuil, 1964, 1973, 1979, 1984 et 1990.

**Tête d'une figurine, XIIe-XIVe siècles, Nigeria.
Musée des Arts d'Afrique et d'Océanie, Paris.**

Jacques Prévert (1900-1977) *est un poète populaire qui fut aussi parolier et scénariste. Ses thèmes de prédilection sont l'amour, la liberté et le bonheur.*

Le jardin

Des milliers et des milliers d'années
Ne sauraient suffire
Pour dire
La petite seconde d'éternité
Où tu m'as embrassé
Où je t'ai embrassée
Un matin dans la lumière de l'hiver
Au parc Montsouris à Paris
À Paris
Sur la terre
La terre qui est un astre.

Jacques Prévert, « Le jardin », *Paroles*, Gallimard, 1945.

L'engagement

Arthur Rimbaud (1854-1891) fut un poète précoce qui composa ses premiers poèmes à l'âge de seize ans. Révolté et novateur, il est l'auteur d'une œuvre brève qui a profondément transformé la poésie. Le poème qui suit, inspiré par la guerre d'invasion prussienne de 1870, exprime, sous une apparente neutralité, la pitié du poète pour les soldats morts au combat.

Le dormeur du val

C'est un trou de verdure où chante une rivière
Accrochant follement aux herbes des haillons
D'argent ; où le soleil, de la montagne fière,
Luit : c'est un petit val qui mousse de rayons.

5 Un soldat jeune, bouche ouverte, tête nue,
Et la nuque baignant dans le frais cresson bleu,
Dort ; il est étendu dans l'herbe, sous la nue,
Pâle dans son lit vert où la lumière pleut.

Les pieds dans les glaïeuls, il dort. Souriant comme
10 Sourirait un enfant malade, il fait un somme.
Nature, berce-le chaudement : il a froid !

Les parfums ne font pas frissonner sa narine ;
Il dort dans le soleil, la main sur sa poitrine
Tranquille. Il a deux trous rouges au côté droit.

Arthur Rimbaud, « Le dormeur du val », *Poésies*, 1870.

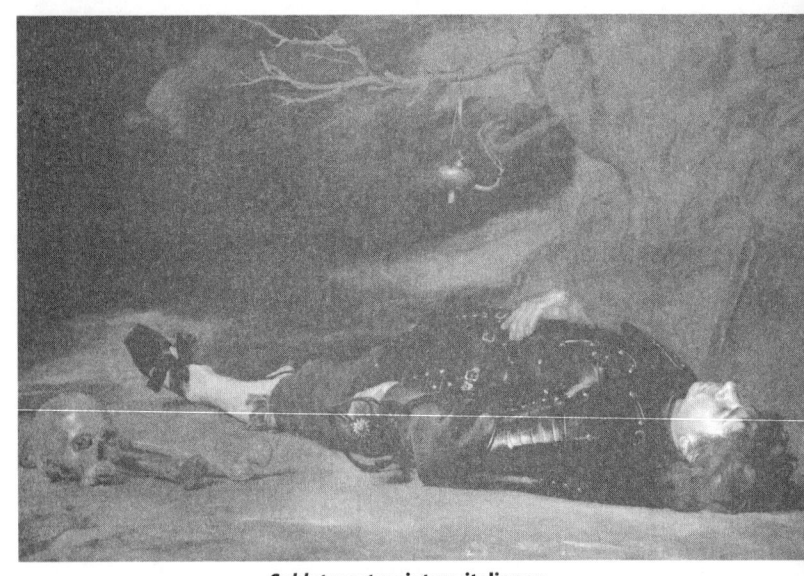

***Soldat mort*, peinture italienne,
vers 1635-1640, National Gallery, Londres.**

Au fil du texte

Questions sur *Le dormeur du val* (pages 27-28)

AVEZ-VOUS BIEN LU ?

1. Dans quel décor le soldat se trouve-t-il ?
2. Quelle peut être la saison évoquée ?
3. Que révèle le vers final ? Le lecteur s'attend-il à cette révélation ?

ÉTUDIER LE VOCABULAIRE ET LA GRAMMAIRE

4. Cherchez le sens du terme « *haillons* » (vers 2) et expliquez pourquoi l'image « *haillons / D'argent* » est une antithèse*.

5. Relevez les trois propositions subordonnées relatives de la première strophe. Donnez l'antécédent commun aux deux premiers pronoms relatifs.

ÉTUDIER L'ÉCRITURE

6. Relevez les champs lexicaux de la nature et de la lumière dans tout le sonnet. Quelle est l'atmosphère suggérée par ces termes ?

7. Quelles sont les couleurs évoquées dans ce sonnet ?

8. Que peut signifier, selon vous, la reprise de l'expression « *trou de verdure* » (vers 1) par « *trous rouges* » dans le dernier vers ?

9. Pourquoi peut-on dire que la Nature est personnifiée* dans ce poème ? Relevez le vers qui le montre.

---

antithèse : rapprochement de deux termes ou idées de sens opposé.

personnification : procédé consistant à traiter un animal, un objet ou une réalité abstraite comme un personnage réel.

Au fil du texte — Le dormeur du val

10. Relevez le champ lexical du sommeil dans le sonnet. Expliquez pourquoi le sommeil est ici une image de la mort.

11. Quels éléments montrent que le soldat mort est comparé à un très jeune enfant ?

12. Quel est, selon vous, le dessein du poète dans ce sonnet ?

ÉTUDIER LE SONNET
(VOIR DOSSIER BIBLIOCOLLÈGE, P. 134)

13. Quel est le type de vers utilisé ?

14. Observez la disposition des rimes. Rimbaud a-t-il composé un sonnet régulier ?

15. Relevez les enjambements★ dans ce sonnet. Quel est l'effet créé par ces décalages ?

16. Le dernier vers du sonnet donne la clé du poème. En relisant le sonnet, relevez les éléments qui préparent cette révélation finale.

enjambement : poursuite sur le vers suivant d'un groupe syntaxique commencé au vers précédent.

LIRE L'IMAGE

Voir document page 28.

17. Commentez la composition de ce tableau (cadre, plans, point de vue, contrastes).

18. Quels éléments symbolisent la mort ?

À VOS PLUMES !

19. À votre tour, essayez de composer un sonnet (régulier ou non) sur le thème de la guerre ou de l'injustice. Vous réserverez une révélation importante pour le dernier vers.

Paul Eluard (1895-1952) *a chanté tout au long de son œuvre le miracle de la vie et de l'amour. Surréaliste ou engagée, sa poésie célèbre la femme aimée, la liberté, un possible bonheur de vivre. La guerre et l'Occupation poussent Eluard à s'engager de manière décisive dans la Résistance, dont le poème suivant est devenu l'hymne.*

Liberté

Sur mes cahiers d'écolier
Sur mon pupitre et les arbres
Sur le sable sur la neige
J'écris ton nom

Sur toutes les pages lues
Sur toutes les pages blanches
Pierre sang papier ou cendre
J'écris ton nom

Sur les images dorées
Sur les armes des guerriers
Sur la couronne des rois
J'écris ton nom

Sur la jungle et le désert
Sur les nids sur les genêts
Sur l'écho de mon enfance
J'écris ton nom

Sur les merveilles des nuits
Sur le pain blanc des journées
Sur les saisons fiancées
J'écris ton nom

Sur tous mes chiffons d'azur
Sur l'étang soleil moisi
Sur le lac lune vivante
J'écris ton nom

Sur les champs sur l'horizon
Sur les ailes des oiseaux
Et sur le moulin des ombres
J'écris ton nom

Sur chaque bouffée d'aurore
Sur la mer sur les bateaux
Sur la montagne démente
J'écris ton nom

Sur la mousse des nuages
Sur les sueurs de l'orage
Sur la pluie épaisse et fade
J'écris ton nom

Sur les formes scintillantes
Sur les cloches des couleurs
Sur la vérité physique
J'écris ton nom

Sur les sentiers éveillés
Sur les routes déployées
Sur les places qui débordent
J'écris ton nom

L'engagement

⁴⁵ Sur la lampe qui s'allume
Sur la lampe qui s'éteint
Sur mes maisons réunies
J'écris ton nom

Sur le fruit coupé en deux
⁵⁰ Du miroir et de ma chambre
Sur mon lit coquille vide
J'écris ton nom

Sur mon chien gourmand et tendre
Sur ses oreilles dressées
⁵⁵ Sur sa patte maladroite
J'écris ton nom

Sur le tremplin de ma porte
Sur les objets familiers
Sur le flot du feu béni
⁶⁰ J'écris ton nom

Sur toute chair accordée
Sur le front de mes amis
Sur chaque main qui se tend
J'écris ton nom

⁶⁵ Sur la vitre des surprises
Sur les lèvres attentives
Bien au-dessus du silence
J'écris ton nom

Sur mes refuges détruits
Sur mes phares écroulés
Sur les murs de mon ennui
J'écris ton nom

Sur l'absence sans désir
Sur la solitude nue
Sur les marches de la mort
J'écris ton nom

Sur la santé revenue
Sur le risque disparu
Sur l'espoir sans souvenir
J'écris ton nom

Et par le pouvoir d'un mot
Je recommence ma vie
Je suis né pour te connaître
Pour te nommer

Liberté

    Paul Eluard, « Liberté », *Poésie et Vérité*, éd. de Minuit, 1942.

Lié dès ses débuts au cercle des poètes surréalistes réuni autour d'André Breton et de Paul Eluard, **Louis Aragon (1897-1982)** *est romancier et poète. Son œuvre, riche et variée, porte la double empreinte du lyrisme amoureux et de l'engagement politique. Composé sous l'Occupation allemande et publié dans* La Diane française *(1946), le texte qui suit exalte l'héroïsme des patriotes morts pour la liberté.*

Ballade de celui qui chanta dans les supplices

Et s'il était à refaire
Je referais ce chemin
Une voix monte des fers
Et parle des lendemains

5   On dit que dans sa cellule
Deux hommes cette nuit-là
Lui murmuraient Capitule
De cette vie es-tu las

Tu peux vivre tu peux vivre
10 Tu peux vivre comme nous
Dis le mot qui te délivre
Et tu peux vivre à genoux

Et s'il était à refaire
Je referais ce chemin
15 La voix qui monte des fers
Parle pour les lendemains

Rien qu'un mot la porte cède
S'ouvre et tu sors Rien qu'un mot
Le bourreau se dépossède
Sésame Finis tes maux

Rien qu'un mot rien qu'un mensonge
Pour transformer ton destin
Songe songe songe songe
À la douceur des matins

Et si c'était à refaire
Je referais ce chemin
La voix qui monte des fers
Parle aux hommes de demain

J'ai dit tout ce qu'on peut dire
L'exemple du Roi Henri
Un cheval pour mon empire[1]
Une messe pour Paris[2]

Rien à faire Alors qu'ils partent
Sur lui retombe son sang
C'était son unique carte
Périsse cet innocent

Et si c'était à refaire
Referait-il ce chemin

---

notes

1. Allusion au mot de Richard III d'Angleterre, dans la pièce éponyme de Shakespeare : « Mon royaume pour un cheval ! »

2. Allusion au mot d'Henri IV : « Paris vaut bien une messe ! »

La voix qui monte des fers
40 Dit Je le ferai demain

Je meurs et France demeure
Mon amour et mon refus
Ô mes amis si je meurs
Vous saurez pour quoi ce fut

45 Ils sont venus pour le prendre
Ils parlent en allemand
L'un traduit Veux-tu te rendre
Il répète calmement

Et si c'était à refaire
50 Je referais ce chemin
Sous vos coups chargés de fers
Que chantent les lendemains

Il chantait lui sous les balles
Des mots *sanglant est levé*[1]
55 D'une seconde rafale
Il a fallu l'achever

Une autre chanson française[2]
À ses lèvres est montée
Finissant la Marseillaise
60 Pour toute l'humanité

> Louis Aragon, « Ballade de celui qui chanta dans les supplices »,
> *La Diane française*, Seghers, 1946.

notes

1. Citation d'un vers de *La Marseillaise* : « L'étendard sanglant est levé. »

2. *L'Internationale*, œuvre d'Eugène Pottier, a été l'hymne national soviétique, puis l'hymne des partis socialistes et communistes du monde entier.

Au fil du texte

**Questions sur *Ballade de celui qui chanta dans les supplices*
(pages 35 à 37)**

AVEZ-VOUS BIEN LU ?

1. Quel est le contexte historique de ce poème ?
2. Où la scène se déroule-t-elle ?
3. Qui est le héros de la ballade ? Est-il nommé ? Que lui arrive-t-il à la fin du poème ?

énonciation : mode sur lequel un énoncé (ce qui est dit ou écrit) est produit, et en particulier manière dont l'auteur manifeste son point de vue.

ÉTUDIER LA BALLADE
(VOIR DOSSIER BIBLIOCOLLÈGE, P. 134)

4. Qu'est-ce qu'une ballade ? Ce poème illustre-t-il ce genre ?
5. De combien de strophes se compose ce poème ? Distinguez parmi celles-ci la strophe qui sert de refrain.
6. Le refrain est-il toujours identique ? Quels éléments sont modifiés ?
7. Quel est le type de vers utilisé dans ce poème ?
8. Quelle est la disposition des rimes dans ce poème ?

ÉTUDIER L'ÉNONCIATION*

9. Distinguez avec précision le discours direct et le récit dans tout le poème en relevant les numéros de vers.
10. Qui est désigné par le pronom « *On* » au vers 5 ?
11. Dans les passages au discours direct, qui parle ?

Ballade de celui qui chanta dans les supplices

12. Par quel terme l'auteur manifeste-t-il son point de vue dans les vers 33 à 36 ?

ÉTUDIER LE VOCABULAIRE ET LA GRAMMAIRE

13. Que signifient les « *fers* » (vers 3), au sens propre et au sens figuré ?

14. Donnez un synonyme du verbe « *Capitule* » (vers 7).

15. Comment comprenez-vous l'expression « *vivre à genoux* » (vers 12) ?

16. À quel conte le mot « *Sésame* » (vers 20) fait-il allusion ? Quel est son sens dans la strophe ?

17. Que signifie l'expression « *Que chantent les lendemains* » utilisée au vers 52 ?

18. Les paroles des vers 7 à 12 sont rapportées au discours direct. Transposez-les au discours indirect.

19. Quel est le mode des verbes « *qu'ils partent* » (vers 33), « *Périsse* » (vers 36), « *Que chantent* » (vers 52) ? Quelle est ici la valeur de ce mode ?

argument : raison que l'on donne pour convaincre.

ÉTUDIER LE THÈME DE L'HÉROÏSME

20. Relevez le champ lexical de la torture et de la mort dans ce poème.

21. Par quels arguments★ et quels procédés les bourreaux cherchent-ils à vaincre la détermination du prisonnier ?

22. Comment le refrain illustre-t-il le courage du résistant ?

23. Au nom de quoi le condamné choisit-il de mourir ?

24. Quelles chansons le condamné chante-t-il en mourant ? Quelle est la signification de ces chansons ?

25. Pourquoi peut-on dire que cette ballade a été conçue comme un poème d'espoir ?

À VOS PLUMES !

26. Imaginez la dernière lettre écrite par le condamné à sa famille : il y raconterait d'abord sa vie en prison puis il exhorterait les siens à garder espoir et à se joindre à la Résistance à l'aide d'arguments convaincants.

Jacques Prévert (1900-1977) est un poète populaire qui fut aussi parolier et scénariste. Ses thèmes de prédilection sont l'amour, la liberté et le bonheur. Plusieurs poèmes du recueil Paroles, *paru au lendemain de la Seconde Guerre mondiale, expriment les idées pacifistes du poète pour qui la guerre est incompatible avec l'idéal du bonheur.*

Barbara

Rappelle-toi Barbara
Il pleuvait sans cesse sur Brest ce jour-là
Et tu marchais souriante
Épanouie ravie ruisselante
Sous la pluie
Rappelle-toi Barbara
Il pleuvait sans cesse sur Brest
Et je t'ai croisée rue de Siam
Tu souriais
Et moi je souriais de même
Rappelle-toi Barbara
Toi que je ne connaissais pas
Toi qui ne me connaissais pas
Rappelle-toi
Rappelle-toi quand même ce jour-là
N'oublie pas
Un homme sous un porche s'abritait
Et il a crié ton nom
Barbara
Et tu as couru vers lui sous la pluie
Ruisselante ravie épanouie
Et tu t'es jetée dans ses bras
Rappelle-toi cela Barbara
Et ne m'en veux pas si je te tutoie
Je dis tu à tous ceux que j'aime
Même si je ne les ai vus qu'une seule fois

Je dis tu à tous ceux qui s'aiment
Même si je ne les connais pas
Rappelle-toi Barbara
30 N'oublie pas
Cette pluie sage et heureuse
Sur ton visage heureux
Sur cette ville heureuse
Cette pluie sur la mer
35 Sur l'arsenal
Sur le bateau d'Ouessant
Oh Barbara
Quelle connerie la guerre
Qu'es-tu devenue maintenant
40 Sous cette pluie de fer
De feu d'acier de sang
Et celui qui te serrait dans ses bras
Amoureusement
Est-il mort disparu ou bien encore vivant
45 Oh Barbara
Il pleut sans cesse sur Brest
Comme il pleuvait avant
Mais ce n'est plus pareil et tout est abîmé
C'est une pluie de deuil terrible et désolée
50 Ce n'est même plus l'orage
De fer d'acier de sang
Tout simplement des nuages
Qui crèvent comme des chiens
Des chiens qui disparaissent
55 Au fil de l'eau sur Brest
Et vont pourrir au loin
Au loin très loin de Brest
Dont il ne reste rien.

Jacques Prévert, « Barbara », *Paroles*, Gallimard, 1945.

Léopold Sédar Senghor (1906-2001) *est un poète sénégalais de langue française. Après de brillantes études à Dakar puis à Paris, il devient professeur, député et enfin président de la République du Sénégal (1960-1980). Il est l'un des principaux pionniers de la « négritude » – mouvement littéraire revendiquant la fierté d'appartenir à la race noire – et de la francophonie. Il rend hommage ici aux soldats noirs engagés dans les forces de la Résistance française.*

Pour un F. F. I.[1] noir blessé

Si noir le F. F. I. dans le ciel bleu ! Si lourd son corps noir
    dans l'air libéré !
Si noir le F. F. I. sur deux épaules blanches ! Si rouge
    son sang entre deux blancheurs !
5 Léger le F. F. I. dans le ciel de cristal, léger son corps vidé
    de sang d'or et de pourpre !
Sur les deux épaules carrées, voyez ! si légère la flamme
    de son âme.
Dors sur le duvet blanc de l'air, car les oiseaux ont réappris
10   leurs chansons d'hier.
Dors, car tu as donné le riche de ton cœur – Que la paix
    berce ton sommeil !

Léopold Sédar Senghor, « Pour un F. F. I. noir blessé »,
Hosties noires, Seuil (1948) in *Œuvre poétique*,
© Éditions du Seuil, 1964, 1973, 1979, 1984 et 1990.

---

note

1. F. F. I. : sigle pour Forces françaises de l'intérieur, formées en 1944 par l'unification des groupes militaires clandestins de la Résistance et qui jouèrent un rôle non négligeable aux côtés des forces alliées dans la Libération.

Boris Vian (1920-1959) est un artiste inclassable qui s'est intéressé aussi bien à la chanson, au jazz, au théâtre, au roman qu'à la poésie. Ingénieur de formation, il a consacré ses loisirs à ses activités hétéroclites et connu un certain succès avec la publication de ses romans, dont L'Écume des jours, *récit insolite et plein de fantaisie.* « Le déserteur », *chanson dénonçant la guerre, a été interdite pendant plusieurs années.*

Le déserteur

Monsieur le Président
Je vous fais une lettre
Que vous lirez peut-être
Si vous avez le temps
5 Je viens de recevoir
Mes papiers militaires
Pour partir à la guerre
Avant mercredi soir
Monsieur le Président
10 Je ne veux pas la faire
Je ne suis pas sur terre
Pour tuer des pauvres gens
C'est pas pour vous fâcher
Il faut que je vous dise
15 Ma décision est prise
Je m'en vais déserter

Depuis que je suis né
J'ai vu mourir mon père
J'ai vu partir mes frères
20 Et pleurer mes enfants
Ma mère a tant souffert

Qu'elle est dedans sa tombe
Et se moque des bombes
Et se moque des vers
Quand j'étais prisonnier
On m'a volé ma femme
On m'a volé mon âme
Et tout mon cher passé
Demain de bon matin
Je fermerai ma porte
Au nez des années mortes
J'irai sur les chemins

Je mendierai ma vie
Sur les routes de France
De Bretagne en Provence
Et je dirai aux gens
Refusez d'obéir
Refusez de la faire
N'allez pas à la guerre
Refusez de partir
S'il faut donner son sang
Allez donner le vôtre
Vous êtes bon apôtre
Monsieur le Président
Si vous me poursuivez
Prévenez vos gendarmes
Que je n'aurai pas d'armes
Et qu'ils pourront tirer.

Boris Vian, « Le déserteur », 1954, *Chansons*, 1975,
© Christian Bourgois éditeur, 1984, 1994.

*Le poème de **Pierre Morhange (1901-1972)** évoque de manière poignante la cruauté du sort réservé aux déportés juifs dans les camps de concentration nazis pendant la Seconde Guerre mondiale. Le camp d'Auschwitz, où d'innombrables familles juives furent exterminées, fut l'un des plus meurtriers.*

Berceuse à Auschwitz

Mon bel enfant en habit bleu
Te voilà bien vêtu de velours angoissant

Mon bel enfant en habit de faim
Je suis le grand nuage où tu cherches du pain

5   Mon bel enfant en habit de sang
Ta mère ne peut plus te reverser le sien

Mon bel enfant en habit de vers
Ils brillent pour ta mère comme des étoiles

Mon bel enfant en habit de folie
10 Au crochet de mon cœur vous pendrez ces guenilles

Mon bel enfant en habit de fumée
Vous ne m'avez pas dit si je peux me tourner.

Pierre Morhange, « Berceuse à Auschwitz », *in Pierre Morhange*, anthologie de Franck Venaille, Seghers, 1992.

Maurice Druon (né en 1918) *et son oncle* ***Joseph Kessel (1898-1979)*** *sont deux écrivains qui s'engagèrent dans la Résistance. Tous deux furent correspondants de guerre pendant l'Occupation et c'est ensemble qu'ils composèrent, en 1943 à Londres, « Le chant des partisans », qui devait devenir l'hymne de la Résistance.*

Le chant des partisans

Ami, entends-tu le vol noir des corbeaux sur nos plaines ?
Ami, entends-tu les cris sourds du pays qu'on enchaîne ?
Ohé ! partisans, ouvriers et paysans, c'est l'alarme.
Ce soir l'ennemi connaîtra le prix du sang et des larmes.

5 Montez de la mine, descendez des collines, camarades !
Sortez de la paille, les fusils, la mitraille, les grenades !
Ohé ! les tueurs à la balle ou au couteau, tuez vite !
Ohé, saboteur, attention à ton fardeau, dynamite !

C'est nous qui brisons les barreaux des prisons pour nos frères,
10 La haine à nos trousses et la faim qui nous pousse, la misère…
Il y a des pays où les gens au creux du lit font des rêves ;
Ici, nous, vois-tu, nous on marche et nous on tue, nous on crève.

Ici, chacun sait ce qu'il veut, ce qu'il fait, quand il passe…
Ami, si tu tombes, un ami sort de l'ombre à ta place.
15 Demain, du sang noir séchera au grand soleil sur les routes ;
Sifflez compagnons, dans la nuit la liberté nous écoute.

Paroles de Maurice Druon et Joseph Kessel,
musique d'Anna Marly, Londres 1943, éd. Raoul Breton,
publié avec l'autorisation des éditions Raoul Breton.

L'expression du moi

Omar Khayyam (v. 1047-v. 1122) *est un grand savant et poète persan qui vécut il y a presque mille ans. Mathématicien et astronome réputé de son vivant, il a aussi composé des* Quatrains *(ou* Rubayat*), restés longtemps secrets à cause de leur caractère antireligieux. Redécouverts au XIXe siècle grâce à une traduction anglaise, les* Rubayat *connaissent depuis un succès retentissant. Ces courts poèmes teintés de pessimisme sont l'expression authentique d'un regard lucide sur l'univers.*

Rubayat

Poème 37

Quand la vie s'en va, qu'est Balkh[1] et qu'est Baghdad[2] ?
Quand notre verre est plein, qu'importe que le vin soit doux, soit âpre !
Bois du vin ! La lune après toi après moi tant de fois
5   Du début à la fin du mois, du début à la fin des temps, brillera !

Poème 107

Pour parler selon le vrai, pas de métaphores[3],
Nous sommes les pièces d'un jeu, le Ciel est le joueur ;
Nous jouons un petit jeu sur l'échiquier de l'existence,
Puis, un par un, nous rentrons dans la boîte de la non-existence.

Omar Khayyam, *Rubayat*, traduit du persan par Armand Robin,
Club français du livre, 1958.

---

notes

1. Balkh : ou Bactres, ville d'Asie centrale, capitale de l'ancienne Bactriane, correspondant au nord de l'Afghanistan actuel.

2. Baghdad : ville de Mésopotamie, capitale de l'actuel Irak. Ces deux villes sont symboles de puissance et de richesse durant le Moyen Âge en Orient.

3. métaphores : images, symboles.

L'expression du moi

Joachim du Bellay (1522-1560) *fonda avec Ronsard le mouvement poétique de la Pléiade. Admirateur et imitateur des poètes de l'Antiquité, du Bellay n'en trouve pas moins une inspiration originale, souvent empreinte de mélancolie. Ayant passé quatre années à Rome, il publia à son retour le recueil des* Regrets, *où s'exprime la douloureuse nostalgie du pays natal. Dans le sonnet suivant, extrait de ce recueil, l'orthographe a été modernisée.*

France, mère des arts, des armes et des lois...

France, mère des arts, des armes et des lois,
Tu m'as nourri longtemps du lait de ta mamelle :
Ores[1], comme un agneau qui sa nourrice[2] appelle,
Je remplis de ton nom les antres et les bois.

5 Si tu m'as pour enfant avoué[3] quelquefois[4],
Que ne me réponds-tu maintenant, ô cruelle ?
France, France, réponds à ma triste querelle[5].
Mais nul, sinon Écho[6], ne répond à ma voix.

Entre les loups cruels j'erre parmi la plaine,
10 Je sens venir l'hiver, de qui la froide haleine
D'une tremblante horreur fait hérisser ma peau.

---

notes

1. Ores : maintenant.
2. nourrice : mère nourricière.
3. avoué : reconnu.
4. quelquefois : autrefois.
5. querelle : plainte (latin : *querela*).
6. Écho : la nymphe Écho.

Las[1] ! tes autres agneaux n'ont faute de pâture[2],
Ils ne craignent le loup, le vent ni la froidure :
Si[3] ne suis-je pourtant le pire du troupeau.

Joachim du Bellay, « France, mère des arts, des armes et des lois… »,
Les Regrets, 1558.

**Fête du carnaval organisée à Rome,
sur la colline du Testaccio, gravure du XVIᵉ siècle.**

notes

1. *Las* : hélas.

2. *n'ont faute de pâture* : ne manquent pas de nourriture.

3. *Si* : cependant (*Si* est renforcé par *pourtant*).

Gérard de Nerval (1808-1855) *fut marqué par la perte de sa mère à l'âge de deux ans. Sa poésie est hantée par l'image d'une femme idéale et inaccessible dont il a été en quête sa vie durant. Tandis qu'une passion malheureuse ébranle sa raison et l'oblige à se faire soigner, son œuvre évolue vers la transcription des rêves et de son univers imaginaire. On le retrouva pendu dans une rue de Paris en janvier 1855. Son œuvre a profondément influencé les poètes symbolistes et surréalistes.*

Une allée du Luxembourg

Elle a passé, la jeune fille,
Vive et preste comme un oiseau :
À la main une fleur qui brille,
À la bouche un refrain nouveau.

5 C'est peut-être la seule au monde
Dont le cœur au mien répondrait,
Qui venant dans ma nuit profonde
D'un seul regard l'éclaircirait !

Mais non, – ma jeunesse est finie...
10 Adieu, doux rayon qui m'as lui, –
Parfum, jeune fille, harmonie...
Le bonheur passait, – il a fui !

Gérard de Nerval, « Une allée du Luxembourg »,
Odelettes rythmiques et lyriques, 1852.

Charles Baudelaire (1821-1867), poète majeur du XIXᵉ siècle, était un esprit tourmenté qui a exprimé son mal de vivre dans des poèmes d'une grande originalité. Son regard singulier tente de saisir le mystère enfoui des choses, les symboles et les images invisibles. « L'albatros », extrait du recueil Les Fleurs du Mal, *établit une correspondance symbolique entre l'oiseau des mers et le poète.*

L'albatros

Souvent, pour s'amuser, les hommes d'équipage
Prennent des albatros, vastes oiseaux des mers,
Qui suivent, indolents compagnons de voyage,
Le navire glissant sur les gouffres amers.

5   À peine les ont-ils déposés sur les planches,
Que ces rois de l'azur, maladroits et honteux,
Laissent piteusement leurs grandes ailes blanches
Comme des avirons traîner à côté d'eux.

Ce voyageur ailé, comme il est gauche et veule !
10 Lui, naguère si beau, qu'il est comique et laid !
L'un agace son bec avec un brûle-gueule[1],
L'autre mime, en boitant, l'infirme qui volait !

Le Poète est semblable au prince des nuées
Qui hante la tempête et se rit de l'archer ;
15 Exilé sur le sol au milieu des huées,
Ses ailes de géant l'empêchent de marcher.

Charles Baudelaire, « L'albatros », *Les Fleurs du Mal*, 1861.

---

note

1. brûle-gueule : petite pipe courte.

Au fil du texte

Questions sur *L'albatros* (page 53)

AVEZ-VOUS BIEN LU ?

1. Pourquoi les marins capturent-ils les albatros et comment les traitent-ils ?

2. Pourquoi le poète est-il comparé à l'albatros ? En quoi lui ressemble-t-il ?

ÉTUDIER LE VOCABULAIRE ET LA GRAMMAIRE

3. Que signifie l'adjectif « *indolent* » (vers 3) ? Donnez un synonyme de ce terme.

4. Quelle périphrase* désigne l'océan dans la première strophe ?

5. Cherchez le sens de l'adjectif « *veule* » (vers 9).

6. Que signifie l'adverbe « *naguère* » (vers 10) ?

7. Quelles sont les valeurs du présent dans ce poème ?

ÉTUDIER LE SYMBOLE*

8. Relevez les périphrases désignant l'albatros dans les vers 5 à 13. Pourquoi peut-on dire que l'albatros est personnifié* ?

9. À l'aide de quels adjectifs qualificatifs l'auteur met-il en valeur la situation piteuse de l'albatros dans les vers 5 à 12 ?

10. Quelles antithèses* expriment la métamorphose de l'albatros dans les vers 5 à 12 ?

---

périphrase : remplacement d'un mot par une expression de même sens. Exemple : la capitale de la France pour Paris.

symbole : représentation d'une réalité par une autre. Exemple : La colombe est le symbole de la paix.

personnification : procédé consistant à traiter un animal, un objet ou une réalité abstraite comme un personnage réel.

antithèse : rapprochement de deux termes ou idées de sens opposé.

L'albatros

11. Quel vers établit la comparaison* explicite entre le poète et l'oiseau ?

12. Quel terme assimile le poète à un oiseau dans le dernier vers ?

13. Comment les marins se comportent-ils ? Qui représentent-ils, selon vous ?

14. Quelles périphrases montrent la supériorité de l'albatros ou du poète ?

15. Quelle conception du poète Baudelaire exprime-t-il dans ce texte ?

comparaison : mise en relation de deux éléments pour en souligner la ressemblance à l'aide d'un outil de comparaison (comme, tel, ainsi que, pareil à, etc.). Exemple : La mer est comme un miroir.

ÉTUDIER LA FORME DU POÈME (VOIR DOSSIER BIBLIOCOLLÈGE, P. 134)

16. Quel type de strophe est utilisé dans ce poème ?

17. Quel est le type de vers employé ?

18. Comment les rimes sont-elles disposées dans ce poème ?

19. En quoi la rime « *nuées / huées* » (vers 13 et 15) exprime-t-elle la condition ambiguë du poète ?

20. Relevez un exemple de rime pauvre, de rime suffisante, de rime riche.

À VOS PLUMES !

21. Choisissez un texte en prose de quelques lignes et remplacez tous les termes qui peuvent l'être par des périphrases.

22. Dans un texte d'une dizaine de lignes, décrivez un animal qui sera le symbole d'un personnage ou d'un métier.

Arthur Rimbaud (1854-1891) *fut un poète précoce qui composa ses premiers poèmes à l'âge de seize ans. Révolté et novateur, il est l'auteur d'une œuvre brève qui a profondément transformé la poésie. Le poème suivant fut composé à Paris où Rimbaud avait rejoint Paul Verlaine avec qui il entretenait une relation passionnée et malheureuse. Le poète, qui n'a pas encore dix-huit ans, se lamente sur sa vie perdue.*

Chanson de la plus haute tour

Oisive[1] jeunesse
À tout asservie[2],
Par délicatesse
J'ai perdu ma vie.
5 Ah ! Que le temps vienne
Où les cœurs s'éprennent !

Je me suis dit : laisse,
Et qu'on ne te voie :
Et sans la promesse
10 De plus hautes joies.
Que rien ne t'arrête,
Auguste retraite[3].

---

notes

1. Oisive : fém. pour *oisif* : inactif, paresseux.

2. asservie : privée de liberté.

3. Auguste retraite : allusion probable au retrait solitaire de Rimbaud après sa séparation d'avec Verlaine, au printemps 1872.

J'ai tant fait patience
Qu'à jamais j'oublie ;
15 Craintes et souffrances
Aux cieux sont parties.
Et la soif malsaine
Obscurcit mes veines.

Ainsi la prairie
20 À l'oubli livrée,
Grandie, et fleurie
D'encens[1] et d'ivraies[2]
Au bourdon farouche
De cent sales mouches.

25 Ah ! Mille veuvages
De la si pauvre âme
Qui n'a que l'image
De la Notre-Dame !
Est-ce que l'on prie
30 La Vierge Marie[3] ?

Oisive jeunesse
À tout asservie,
Par délicatesse
J'ai perdu ma vie.
35 Ah ! Que le temps vienne
Où les cœurs s'éprennent !

Arthur Rimbaud, « Chanson de la plus haute tour »,
Derniers Vers, mai 1872.

notes

1. encens : substance résineuse parfumée que l'on fait brûler.

2. ivraies : mauvaises herbes.

3. La Vierge Marie : le poète semble dire qu'il ne trouve nul secours dans la religion.

Paul Verlaine (1844-1896) *est un poète à la sensibilité inquiète qui a durablement influencé la poésie française. Sa poésie, d'apparence simple, voire naïve, est en réalité d'une grande subtilité. Les images, les symboles et la musicalité du vers ont été au centre des préoccupations de Verlaine, notamment dans les* Poèmes saturniens *(1866), dont est extrait le poème suivant.*

Chanson d'automne

Les sanglots longs
Des violons
    De l'automne
Blessent mon cœur
5 D'une langueur
    Monotone.

Tout suffoquant
Et blême, quand
    Sonne l'heure,
10 Je me souviens
Des jours anciens
    Et je pleure ;

Et je m'en vais
Au vent mauvais
15   Qui m'emporte
Deçà, delà,
Pareil à la
    Feuille morte.

Paul Verlaine, « Chanson d'automne », *Poèmes saturniens*, 1866.

L'expression du moi

Guillaume Apollinaire (1880-1918) *est un poète épris de modernité. Passionné par l'Art Nouveau du début du XXe siècle, ami de nombreux artistes tels que Picasso ou Derain, il a renouvelé la poésie, notamment à travers le recueil* Alcools, *dont est extrait « Le pont Mirabeau ». L'expression lyrique de la peine amoureuse et de la fuite du temps s'accompagne ici d'une grande liberté formelle.*

Le pont Mirabeau

Sous le pont Mirabeau coule la Seine
        Et nos amours
    Faut-il qu'il m'en souvienne
La joie venait toujours après la peine

5   Vienne la nuit sonne l'heure
        Les jours s'en vont je demeure

Les mains dans les mains restons face à face
        Tandis que sous
    Le pont de nos bras passe
10 Des éternels regards l'onde si lasse

        Vienne la nuit sonne l'heure
        Les jours s'en vont je demeure

L'amour s'en va comme cette eau courante
        L'amour s'en va
15   Comme la vie est lente
Et comme l'Espérance est violente

L'expression du moi

>Vienne la nuit sonne l'heure
>Les jours s'en vont je demeure

Passent les jours et passent les semaines
20   Ni temps passé
      Ni les amours reviennent
Sous le pont Mirabeau coule la Seine

>Vienne la nuit sonne l'heure
>Les jours s'en vont je demeure

Guillaume Apollinaire, « Le pont Mirabeau », *Alcools*, Gallimard, 1913.

Peinture de Marie Laurencin (1885-1956), 1908.
Apollinaire a composé « Le pont Mirabeau » au moment de la rupture progressive avec Marie Laurencin, qui s'est représentée ici en compagnie du poète, de Picasso et de l'amie de ce dernier, Fernande Olivier.

Au fil du texte

Questions sur *Le pont Mirabeau* (pages 59-60)

AVEZ-VOUS BIEN LU ?

1. Quels sont le pont et le fleuve évoqués dans ce poème ? Dans quelle ville se trouvent-ils ?

2. Quelle est la raison de la peine du poète ?

ÉTUDIER LA GRAMMAIRE

3. Quel est le temps dominant dans ce poème ? Quelles sont ses valeurs ?

4. Quelle est la valeur de l'imparfait dans le vers 4 ?

5. Quel est le mode des verbes « *vienne* » et « *sonne* » dans le refrain ? Quelle est la valeur de ce mode ?

rimes féminines ou masculines : rimes terminées ou non par un « e » muet.

ÉTUDIER LA MISE EN ESPACE
(VOIR DOSSIER BIBLIOCOLLÈGE, P. 134)

6. De combien de strophes se compose ce poème ? De quel type de strophe s'agit-il ?

7. De quels types de vers chaque strophe est-elle composée ?

8. Où est le refrain ?

9. Observez l'alternance des rimes féminines et masculines★. Que remarquez-vous ?

10. Quel est l'effet créé par l'absence de ponctuation ?

Au fil du texte

ÉTUDIER LA TONALITÉ ÉLÉGIAQUE*

11. Qui parle dans ce poème ? Relevez les pronoms personnels qui désignent l'énonciateur*.

12. Relevez les termes et les expressions qui renvoient au passage du temps. Pourquoi certains termes sont-ils répétés ?

13. Pourquoi le poète écrit-il d'abord « *nos amours* » (vers 2), puis « *l'amour* » (vers 13) et enfin « *les amours* » (vers 21) ? Quel sens peut-on donner à ces changements ?

14. Comment évoluent les sentiments du poète dans le texte ? Pourquoi peut-on parler de tonalité élégiaque ?

ÉTUDIER L'ÉCRITURE POÉTIQUE

15. Relevez les assonances* dans la première strophe. Quel effet produisent-elles ?

16. Relevez deux antithèses* dans les vers 1 à 6. Comment peut-on les interpréter ?

17. Relevez les enjambements* dans les deux premières strophes. Montrez que ces effets de rythme contribuent à la fluidité du poème.

18. Que suggère la reprise du vers 1 au vers 22 ?

ÉTUDIER LES SYMBOLES*

19. À quoi l'amour est-il assimilé dans la première strophe ?

---

tonalité élégiaque : propre à l'élégie, poème exprimant la plainte, la nostalgie ou la peine amoureuse.

énonciateur : celui qui énonce (dit ou écrit) un texte.

assonance : répétition d'une même voyelle (ou son vocalique) dans un vers ou une phrase.

antithèse : rapprochement de deux termes ou idées de sens opposé.

enjambement : poursuite sur le vers suivant d'un groupe syntaxique commencé au vers précédent.

symbole : représentation d'une réalité par une autre. *Exemple :* La colombe est le symbole de la paix.

20. Quel vers établit clairement la comparaison★ entre l'amour et l'eau ? Que pensez-vous de sa place dans le poème ?

21. Quelle métaphore★ reprend l'image du pont dans la deuxième strophe ? S'agit-il cette fois d'un pont réel ?

22. Que représente également l'eau qui coule, notamment dans la dernière strophe ?

comparaison : mise en relation de deux éléments pour en souligner la ressemblance, à l'aide d'un outil de comparaison (comme, tel, ainsi que, pareil à, etc.). *Exemple :* La mer est comme un miroir.

métaphore : rapprochement de deux éléments pour en souligner la ressemblance sans outil de comparaison. *Exemple :* La mer est un miroir.

LIRE L'IMAGE

Voir document page 60.

23. Commentez la composition de ce tableau, notamment la disposition des personnages et le jeu des regards.

À VOS PLUMES !

24. Composez à votre tour un texte, en vers ou en prose, où vous exprimerez avec nostalgie le regret d'un moment passé. Vous veillerez à employer des images (métaphores, comparaisons) et si possible des symboles.

*Parallèlement à une existence monotone de fonctionnaire, **Stéphane Mallarmé (1842-1898)** a mené l'une des expériences poétiques les plus novatrices qui soient. Sa poésie, d'accès volontairement difficile, a pour ambition de rivaliser avec la musique, grâce au travail sur les sonorités. « Brise marine », où résonnent des échos baudelairiens, dit, sur un mode symboliste, l'aspiration de l'auteur à une poésie nouvelle, tel un appel du large.*

Brise marine

La chair est triste, hélas ! et j'ai lu tous les livres.
Fuir ! là-bas fuir ! Je sens que des oiseaux sont ivres
D'être parmi l'écume inconnue et les cieux !
Rien, ni les vieux jardins reflétés par les yeux
5   Ne retiendra ce cœur qui dans la mer se trempe
Ô nuits ! ni la clarté déserte de ma lampe
Sur le vide papier que la blancheur défend
Et ni la jeune femme allaitant son enfant.
Je partirai ! Steamer[1] balançant ta mâture,
10 Lève l'ancre pour une exotique nature !

Un Ennui, désolé par les cruels espoirs,
Croit encore à l'adieu suprême des mouchoirs !
Et, peut-être, les mâts, invitant les orages
Sont-ils de ceux qu'un vent penche sur les naufrages
15 Perdus, sans mâts, sans mâts, ni fertiles îlots…
Mais, ô mon cœur, entends le chant des matelots !

Stéphane Mallarmé, « Brise marine », *Poésies*, 1865.

---

note

1. steamer : bateau à vapeur.

L'adolescence

Pierre de Ronsard (1524-1585) *est le fondateur du mouvement poétique de la Pléiade. Il est célèbre pour sa poésie amoureuse où il chante les grâces de la femme aimée et le bonheur de l'amour, toujours menacés par le temps qui passe. À travers le thème épicurien du* Carpe diem, *Ronsard invite ici la jeune fille à jouir des plaisirs de sa jeunesse avant qu'il ne soit trop tard. L'orthographe du poème a été modernisée.*

Mignonne, allons voir si la rose...

Mignonne, allons voir si la rose,
Qui, ce matin, avait déclose
Sa robe de pourpre au soleil,
A point perdu, cette vesprée[1],
5   Les plis de sa robe pourprée,
Et son teint au vôtre pareil.

note
1. cette vesprée : ce soir.

L'adolescence

Las ! Voyez comme en peu d'espace[1],
Mignonne, elle a, dessus la place,
Las ! las ! ses beautés laissé choir[2] !
10 Ô vraiment marâtre Nature,
Puisqu'une telle fleur ne dure
Que du matin jusques au soir !

Donc, si vous me croyez, mignonne,
Tandis que votre âge fleuronne[3]
15 En sa plus verte nouveauté,
Cueillez, cueillez votre jeunesse :
Comme à cette fleur, la vieillesse
Fera ternir votre beauté.

Pierre de Ronsard, « Mignonne, allons voir si la rose… »,
Odes, 1550-1552.

Portrait de Jeanne d'Aragon, peinture de Raphaël (1483-1520), Paris, musée du Louvre.

notes

1. en peu d'espace : en peu de temps.
2. choir : tomber.
3. fleuronne : fleurit, s'épanouit.

Au fil du texte

Questions sur *Mignonne, allons voir si la rose...* (pages 65-66)

AVEZ-VOUS BIEN LU ?

1. À quelle fleur le poète compare-t-il la jeune fille ?
2. Quel conseil le poète donne-t-il à la jeune fille ?

ÉTUDIER LE VOCABULAIRE ET LA GRAMMAIRE

3. Que signifie le participe passé « *déclose* » (vers 2) ?
4. Quelle est la couleur évoquée par les mots « *pourpre* » (vers 3) et « *pourprée* » (vers 5) ?
5. En vous aidant du dictionnaire, donnez l'adjectif qualificatif de la même famille que « *vesprée* » (vers 4) et employez-le dans une phrase de votre composition.
6. Que signifie l'adjectif « *marâtre* » (vers 10) ?
7. Employez le nom « *marâtre* » dans une phrase de votre composition.
8. Qu'expriment les interjections* et la phrase exclamative de la deuxième strophe ?
9. Quelle est la valeur de l'impératif au vers 16 ?
10. Quelle est la valeur du futur dans le dernier vers ?

ÉTUDIER LA SITUATION D'ÉNONCIATION*

11. Qui parle dans ce poème ? Quel pronom personnel renvoie à l'énonciateur ?

---

interjection : mot invariable qui renseigne sur l'attitude du locuteur.

situation d'énonciation : circonstances dans lesquelles un énoncé (ce qui est dit ou écrit) est produit. Elle se définit par trois éléments : l'énonciateur (celui qui émet un énoncé), le destinataire, le lieu et le moment où l'énoncé est produit.

Au fil du texte

12. Qui est le destinataire du poème ?

13. Comment le poète appelle-t-il la jeune fille à qui il s'adresse ? Comment imaginez-vous cette jeune fille ?

14. Le poète peut-il avoir le même âge que la jeune fille ? Justifiez votre réponse.

ÉTUDIER L'ODE*
(VOIR DOSSIER BIBLIOCOLLÈGE, P. 134)

15. De combien de strophes se compose ce poème ?

16. Comment nomme-t-on ce type de strophe ?

17. Quel type de vers est utilisé dans le poème ?

18. Quelle est la disposition des rimes ? Est-elle bien la même dans chaque strophe ?

ÉTUDIER L'ÉCRITURE POÉTIQUE

19. Par quels termes la rose est-elle personnifiée* dans la première strophe ?

20. Dans quel vers la rose et la jeune fille sont-elles explicitement comparées ?

21. Par quels termes la jeune fille est-elle comparée à la rose dans la dernière strophe ?

22. Pourquoi peut-on parler ici de métaphore filée* ?

ÉTUDIER LE MOTIF DU « CARPE DIEM* »

23. Quelles sont les indications de temps données par l'énonciateur* ? Combien de temps la rose conserve-t-elle sa beauté ?

---

ode : poème lyrique composé de plusieurs strophes identiques.

personnification : procédé consistant à traiter un animal, un objet ou une réalité abstraite comme un personnage réel.

métaphore filée : métaphore poursuivie sur une ou plusieurs phrases.

« Carpe diem » : formule du poète latin Horace signifiant « Cueille le jour » et qui illustre la doctrine selon laquelle il faut profiter des plaisirs de la vie et jouir du moment présent.

énonciateur : celui qui énonce (dit ou écrit) un texte.

Mignonne, allons voir si la rose...

24. Pourquoi la rose est-elle le symbole* de la jeune fille ? Que représentent le « *matin* » et le « *soir* » dans l'ordre symbolique ?

25. Que suggère le rapprochement à la rime des termes « *jeunesse* » (vers 16) et « *vieillesse* » (vers 17) ?

26. Montrez que ce poème est construit selon une argumentation* rigoureuse (analysez notamment la valeur du connecteur logique « *donc* » au vers 13).

symbole : représentation d'une réalité par une autre. *Exemple :* La colombe est le symbole de la paix.

argumentation : discours construit par lequel on cherche à convaincre.

LIRE L'IMAGE

Voir document page 66.

27. Jeanne d'Aragon était une princesse napolitaine. À quoi voit-on que ce portrait représente une jeune femme de haut rang ? (Observez notamment le costume, la position, le maintien du personnage).

28. Comparez ce portrait avec celui de la *Joconde* par Léonard de Vinci : quels points communs et quelles différences relevez-vous ?

À VOS PLUMES !

29. Rédigez un court texte argumentatif dans lequel vous essaierez de convaincre votre destinataire de profiter de la vie et de l'instant présent. À la manière de Ronsard, vous pourrez insérer dans votre texte un passage descriptif à l'appui de votre démonstration.

30. Quelle définition donneriez-vous de la jeunesse ? Quels sont ses atouts et ses faiblesses ?

Victor Hugo (1802-1885) *est l'auteur de nombreux ouvrages : romans, pièces de théâtre et recueils poétiques. Exilé à Jersey puis à Guernesey de 1852 à 1870, il y compose le recueil des* Contemplations, *où il compte livrer « les mémoires d'une âme », en rapportant ses souvenirs. Hugo évoque ici avec regret une scène de badinage amoureux entre une jeune fille, Rose, et l'adolescent timide qu'il était.*

Vieille chanson du jeune temps

Je ne songeais pas à Rose ;
Rose au bois vint avec moi ;
Nous parlions de quelque chose,
Mais je ne sais plus de quoi.

5   J'étais froid comme les marbres ;
Je marchais à pas distraits ;
Je parlais des fleurs, des arbres ;
Son œil semblait dire : « Après ? »

La rosée offrait ses perles,
10 Le taillis ses parasols ;
J'allais ; j'écoutais les merles,
Et Rose les rossignols.

Moi, seize ans, et l'air morose.
Elle vingt ; ses yeux brillaient.
15 Les rossignols chantaient Rose
Et les merles me sifflaient.

L'adolescence

Rose, droite sur ses hanches,
Leva son beau bras tremblant
Pour prendre une mûre aux branches ;
20 Je ne vis pas son bras blanc.

Une eau courait, fraîche et creuse,
Sur les mousses de velours ;
Et la nature amoureuse
Dormait dans les grands bois sourds.

25 Rose défit sa chaussure,
Et mit, d'un air ingénu,
Son petit pied dans l'eau pure ;
Je ne vis pas son pied nu.

Je ne savais que lui dire ;
30 Je la suivais dans le bois,
La voyant parfois sourire
Et soupirer quelquefois.

Je ne vis qu'elle était belle
Qu'en sortant des grands bois sourds.
35 « Soit ; n'y pensons plus ! » dit-elle.
Depuis, j'y pense toujours.

Victor Hugo, « Vieille chanson du jeune temps »,
Paris, juin 1831, *Les Contemplations*, 1856.

L'adolescence

Arthur Rimbaud (1854-1891) fut un poète précoce qui composa ses premiers poèmes à l'âge de seize ans. Révolté et novateur, il est l'auteur d'une œuvre brève qui a profondément transformé la poésie. « Ma bohème », l'un des tout premiers poèmes de l'auteur, fait allusion aux fugues de l'adolescent sur les routes de France et de Belgique.

Ma bohème[1]

Je m'en allais, les poings dans mes poches crevées ;
Mon paletot[2] aussi devenait idéal[3] ;
J'allais sous le ciel, Muse[4] ! et j'étais ton féal[5] ;
Oh ! là là ! que d'amours splendides j'ai rêvées !

5 Mon unique culotte[6] avait un large trou.
– Petit-Poucet rêveur, j'égrenais dans ma course
Des rimes. Mon auberge était à la Grande-Ourse[7].
– Mes étoiles au ciel avaient un doux frou-frou

Et je les écoutais, assis au bord des routes,
10 Ces bons soirs de septembre où je sentais des gouttes
De rosée à mon front, comme un vin de vigueur ;

Où, rimant au milieu des ombres fantastiques,
Comme des lyres[8], je tirais les élastiques
De mes souliers blessés, un pied près de mon cœur !

Arthur Rimbaud, « Ma bohème », *Poésies*, 1870.

notes

1. Ma bohème : « ma vie d'artiste, sans contrainte ».
2. paletot : manteau.
3. idéal : expression ironique : le paletot est tellement usé que ce n'est plus qu'une idée de paletot.
4. Muse : dans la mythologie, les Muses, au nombre de neuf, inspiraient les artistes ; l'auteur s'adresse à la Muse de la Poésie.
5. féal : compagnon fidèle.
6. culotte : pantalon.
7. Grande-Ourse : constellation ayant la forme d'un chariot.
8. lyres : instruments anciens à cordes pincées, symboles de la poésie depuis l'Antiquité.

Au fil du texte

Questions sur *Ma bohème* (page 72)

AVEZ-VOUS BIEN LU ?

1. Quels lieux le poète évoque-t-il dans ce poème ? Donne-t-il des noms précis ?

2. Quelle était l'occupation du jeune homme pendant cette période de sa vie ?

3. La scène évoquée se déroule-t-elle le jour ou la nuit ? Justifiez votre réponse.

ÉTUDIER LE VOCABULAIRE ET LA GRAMMAIRE

4. Quelle est l'origine du mot « *bohème* » ? Donnez un mot de la même famille.

5. Relevez deux termes relatifs à l'habillement du XIXe siècle.

6. Quelle est l'origine du mot « *féal* » (vers 3) ? Comment comprenez-vous le vers 3 ?

7. Pourquoi le mot « *amours* » est-il accordé au féminin dans le vers 4 ?

8. Qu'expriment les exclamations de la première strophe ?

9. Expliquez l'expression « *Mon auberge était à la Grande-Ourse* » (vers 7) et donnez une expression équivalente.

10. Relevez les deux propositions subordonnées relatives des vers 9 à 13. Quel est leur antécédent commun ?

Au fil du texte

ÉTUDIER LA SITUATION D'ÉNONCIATION*

11. Relevez les pronoms qui renvoient à l'énonciateur.

12. À qui le poète s'adresse-t-il dans la première strophe ?

ÉTUDIER LE SONNET (VOIR DOSSIER BIBLIOCOLLÈGE, P. 140)

13. Relisez les caractéristiques du sonnet et vérifiez que ce poème répond bien aux règles du genre (type de strophes, de vers, disposition des rimes).

ÉTUDIER L'ÉCRITURE POÉTIQUE

14. Par quel procédé le mot « *rimes* » est-il mis en valeur dans la deuxième strophe ?

15. Relevez le champ lexical de la poésie. Quels éléments renvoient à une conception mythologique et antique de la poésie ?

16. Quel est l'effet créé par l'image du dernier tercet ? Pourquoi peut-on dire qu'elle est humoristique ?

17. Relevez les assonances* en [i] du dernier tercet. Que peuvent suggérer ces sonorités ?

ÉTUDIER LE THÈME DE LA BOHÈME ARTISTIQUE

18. Quels éléments montrent que le jeune homme se trouve dans une grande pauvreté ? Est-il malheureux pour autant ?

---

situation d'énonciation : circonstances dans lesquelles un énoncé (ce qui est dit ou écrit) est produit. Elle se définit par trois éléments : l'énonciateur (celui qui émet un énoncé), le destinataire, le lieu et le moment où l'énoncé est produit.

assonance : répétition d'une même voyelle (ou son vocalique) dans un vers ou une phrase.

Ma bohème

19. À quel personnage de conte le poète se compare-t-il ? Quelle est l'idée suggérée par cette comparaison ?

20. Le poète précise-t-il le but de son voyage ? Quel est l'effet produit ?

21. Le poète souffre-t-il de la solitude ? Quels compagnons imaginaires s'est-il trouvés ?

LIRE L'IMAGE

Voir document page 5.

22. Mettez ce portrait en relation avec le poème : quels éléments renvoient à la figure de l'artiste bohème ?

À VOS PLUMES !

23. En vous aidant d'un dictionnaire de la mythologie, faites une présentation rapide des Muses (leur nombre, leur origine, leurs attributs) et expliquez à quelle Muse en particulier s'adresse le poète dans la première strophe.

24. Arthur Rimbaud présente la liberté comme la condition de la création artistique.
Ne peut-on penser au contraire que trop de liberté nuit à la création ? Rédigez un court paragraphe argumentatif pour défendre l'idée selon laquelle la discipline, les contraintes et le travail sont nécessaires à l'artiste.

L'adolescence

Arthur Rimbaud (1854-1891) *fut un poète précoce qui composa ses premiers poèmes à l'âge de seize ans. Révolté et novateur, il est l'auteur d'une œuvre brève qui a profondément transformé la poésie. « Roman » traite avec ironie et légèreté le thème du coup de foudre.*

Roman

I

On n'est pas sérieux, quand on a dix-sept ans.
– Un beau soir, foin des bocks[1] et de la limonade,
Des cafés tapageurs aux lustres éclatants !
– On va sous les tilleuls verts de la promenade.

5 Les tilleuls sentent bon dans les bons soirs de juin !
L'air est parfois si doux, qu'on ferme la paupière ;
Le vent chargé de bruits, – la ville n'est pas loin, –
A des parfums de vigne et des parfums de bière...

II

–Voilà qu'on aperçoit un tout petit chiffon
10 D'azur sombre, encadré d'une petite branche,
Piqué d'une mauvaise étoile, qui se fond
Avec de doux frissons, petite et toute blanche...

Nuit de juin ! Dix-sept ans ! – On se laisse griser.
La sève est du champagne et vous monte à la tête...
15 On divague ; on se sent aux lèvres un baiser
Qui palpite là, comme une petite bête...

---
note

1. foin des bocks : le bock est un verre à bière ; l'expression « foin de » exprime le dégoût, le dédain.

III

Le cœur fou Robinsonne[1] à travers les romans,
— Lorsque, dans la clarté d'un pâle réverbère,
Passe une demoiselle aux petits airs charmants,
Sous l'ombre du faux-col effrayant de son père...

Et, comme elle vous trouve immensément naïf,
Tout en faisant trotter ses petites bottines,
Elle se tourne, alerte et d'un mouvement vif..
— Sur vos lèvres alors meurent les cavatines[2]...

IV

Vous êtes amoureux. Loué jusqu'au mois d'août.
Vous êtes amoureux. — Vos sonnets La font rire.
Tous vos amis s'en vont, vous êtes mauvais goût.
— Puis l'adorée, un soir, a daigné vous écrire... !

— Ce soir-là... vous rentrez aux cafés éclatants,
Vous demandez des bocks ou de la limonade...
— On n'est pas sérieux, quand on a dix-sept ans
Et qu'on a des tilleuls verts sur la promenade.

Arthur Rimbaud, « Roman », 29 septembre 70, *Poésies*, 1870.

---

notes

1. Robinsonne : part à l'aventure ; verbe inventé par Rimbaud, d'après le nom du héros de roman Robinson Crusoé.

2. cavatines : pièces vocales courtes, dans un opéra.

*Poète et romancier, **Blaise Cendrars (1887-1961)** est avant tout un infatigable voyageur qui a nourri ses œuvres de son odyssée à travers le monde. Proche d'Apollinaire, précurseur du mouvement surréaliste, il publie en 1913 la* Prose du Transsibérien, *long « poème ferroviaire » qui déroule, sous la forme d'un dépliant de deux mètres illustré par l'artiste Sonia Delaunay, le flot des images et impressions de ses premiers voyages. L'extrait donné ici correspond au début du poème.*

Prose du Transsibérien et de la petite Jeanne de France

En ce temps-là j'étais en mon adolescence
J'avais à peine seize ans et je ne me souvenais déjà plus
  de mon enfance
J'étais à 16.000 lieues du lieu de ma naissance
5 J'étais à Moscou, dans la ville des mille et trois clochers
  et des sept gares
Et je n'avais pas assez des sept gares et des mille
  et trois tours
Car mon adolescence était si ardente et si folle
10 Que mon cœur, tour à tour, brûlait comme le temple
  d'Éphèse[1] ou comme la Place Rouge de Moscou
Quand le soleil se couche.
Et mes yeux éclairaient des voies anciennes.
Et j'étais déjà si mauvais poète
15 Que je ne savais pas aller jusqu'au bout.
[...]

Blaise Cendrars, « Prose du Transsibérien et de la petite Jeanne de France », *in* nouvelle édition des œuvres complètes : « Tout autour d'aujourd'hui », vol. 1, *Poésies complètes*, © Éditions Denoël, 1947, 1963, 2001 et Miriam Cendrars, 1961.

note

1. le temple d'Éphèse : le temple d'Artémis, à Éphèse, en Asie Mineure (actuelle Turquie), était l'une des Sept Merveilles du monde ; il fut incendié en 356 av. J.-C.

Après avoir participé au mouvement surréaliste, **Raymond Queneau (1903-1976)** *poursuit ses expériences littéraires à travers des romans, des poèmes et des « exercices de style » où s'affirme un goût prononcé pour les jeux de langage et la langue parlée. « Si tu t'imagines » est une transposition orale et humoristique du célèbre poème de Ronsard (voir page 65).*

Si tu t'imagines

Si tu t'imagines
si tu t'imagines
fillette fillette
si tu t'imagines
5 xa va xa va xa
va durer toujours
la saison des za
la saison des za
saison des amours
10 ce que tu te goures
fillette fillette
ce que tu te goures

Si tu crois petite
si tu crois ah ah
15 que ton teint de rose
ta taille de guêpe
tes mignons biceps
tes ongles d'émail
ta cuisse de nymphe
20 et ton pied léger
si tu crois petite
xa va xa va xa

va durer toujours
ce que tu te goures
fillette fillette
ce que tu te goures

les beaux jours s'en vont
les beaux jours de fête
soleils et planètes
tournent tous en rond
mais toi ma petite
tu marches tout droit
vers sque tu vois pas
très sournois s'approchent
la ride véloce
la pesante graisse
le menton triplé
le muscle avachi
allons cueille cueille
les roses les roses
roses de la vie
et que leurs pétales
soient la mer étale
de tous les bonheurs
allons cueille cueille
si tu le fais pas
ce que tu te goures
fillette fillette
ce que tu te goures

Raymond Queneau, « Si tu t'imagines »,
L'Instant fatal, Gallimard, 1948.

L'expérience du monde

Joachim du Bellay (1522-1560) *fonda avec Ronsard le mouvement poétique de la Pléiade. Admirateur et imitateur des poètes de l'Antiquité, du Bellay n'en trouve pas moins une inspiration originale, souvent empreinte de mélancolie. Ayant passé quatre années à Rome, il publia à son retour le recueil des* Regrets, *où s'exprime la douloureuse nostalgie du pays natal. Le sonnet 32 évoque les rêves humanistes qui ont poussé le poète à s'exiler et son amère désillusion. L'orthographe du poème a été modernisée.*

Je me ferai savant en la philosophie…

Je me ferai savant en la philosophie,
En la mathématique et médecine aussi ;
Je me ferai légiste[1], et d'un plus haut souci
Apprendrai les secrets de la théologie[2] ;

notes
----
1. légiste : spécialiste des lois.   ***2. théologie :*** science de la religion.

Du luth et du pinceau j'ébatterai ma vie[1],
De l'escrime et du bal. Je discourais ainsi,
Et me vantais en moi d'apprendre tout ceci,
Quand je changeai la France au séjour d'Italie.

Ô beaux discours humains ! Je suis venu si loin,
Pour m'enrichir d'ennui, de vieillesse et de soin,
Et perdre en voyageant le meilleur de mon âge.

Ainsi le marinier souvent pour tout trésor
Rapporte des harengs en lieu de lingots d'or,
Ayant fait, comme moi, un malheureux voyage.

>Joachim du Bellay, « Je me ferai savant en la philosophie… »,
>*Les Regrets*, sonnet 32, 1558.

Portrait de Joachim du Bellay.

note

1. j'ébatterai ma vie :
« je me divertirai. »

***Jean de La Fontaine (1621-1695)**, qui vécut sous le règne de Louis XIV, connut le succès grâce aux* Fables, *publiées entre 1668 et 1694. Le poète y dépeint la société de son temps et en particulier les mœurs de la Cour qu'il eut l'occasion d'observer de près. La Fontaine « se sert des animaux pour instruire les hommes », comme dans la fable des « deux Pigeons » où il met en garde contre les périls du voyage.*

Les deux Pigeons

Deux Pigeons s'aimaient d'amour tendre :
L'un d'eux, s'ennuyant au logis,
Fut assez fou pour entreprendre
Un voyage en lointain pays.
5   L'autre lui dit : « Qu'allez-vous faire ?
Voulez-vous quitter votre frère[1] ?
L'absence est le plus grand des maux :
Non pas pour vous, cruel ! Au moins, que les travaux[2],
Les dangers, les soins[3] du voyage,
10   Changent un peu votre courage.
Encor, si la saison s'avançait davantage !
Attendez les zéphyrs[4] : qui vous presse ? un Corbeau
Tout à l'heure annonçait malheur à quelque Oiseau.
Je ne songerai plus que rencontre funeste[5],
15   Que Faucons, que réseaux[6]. "Hélas ! dirai-je, il pleut :
Mon frère a-t-il tout ce qu'il veut,
Bon soupé, bon gîte, et le reste ?" »

---

notes

1. votre frère : désigne le Pigeon qui parle ; les deux Pigeons s'aiment d'un amour fraternel.
2. travaux : peines, difficultés.
3. soins : soucis.
4. zéphyrs : vents doux.
5. funeste : qui apporte le malheur.
6. réseaux : pièges, filets.

Ce discours ébranla le cœur
De notre imprudent Voyageur ;
20 Mais le désir de voir et l'humeur inquiète[1]
L'emportèrent enfin. Il dit : « Ne pleurez point ;
Trois jours au plus rendront mon âme satisfaite ;
Je reviendrai dans peu conter de point en point
Mes aventures à mon frère ;
25 Je le désennuierai. Quiconque ne voit guère
N'a guère à dire aussi. Mon voyage dépeint
Vous sera d'un plaisir extrême.
Je dirai : "J'étais là ; telle chose m'avint[2]" ;
Vous y croirez être vous-même. »
30 À ces mots, en pleurant, ils se dirent adieu.
Le Voyageur s'éloigne ; et voilà qu'un nuage
L'oblige de chercher retraite en quelque lieu.
Un seul arbre s'offrit, tel encor que l'orage
Maltraita le Pigeon en dépit du feuillage.
35 L'air devenu serein, il part tout morfondu,
Sèche du mieux qu'il peut son corps chargé de pluie.
Dans un champ à l'écart voit du blé répandu,
Voit un Pigeon auprès : cela lui donne envie ;
Il y vole, il est pris : ce blé couvrait d'un las[3]
40 Les menteurs et traîtres appas.
Le las était usé ; si bien que, de son aile,
De ses pieds, de son bec, l'Oiseau le rompt enfin :
Quelque plume y périt ; et le pis du destin
Fut qu'un certain Vautour, à la serre cruelle,
45 Vit notre malheureux, qui, traînant la ficelle

---

notes

1. inquiète : qui ne peut rester en repos.

2. m'avint : « m'advint, m'arriva ».

3. las : piège.

Et les morceaux du las qui l'avait attrapé,
    Semblait un forçat échappé.
Le Vautour s'en allait le lier[1], quand des nues[2]
Fond à son tour un Aigle aux ailes étendues.
50 Le Pigeon profita du conflit des voleurs,
S'envola, s'abattit auprès d'une masure,
    Crut, pour ce coup, que ses malheurs
    Finiraient par cette aventure ;
Mais un fripon d'enfant (cet âge est sans pitié)
55 Prit sa fronde et, du coup, tua plus d'à moitié
    La Volatile malheureuse,
    Qui, maudissant sa curiosité,
    Traînant l'aile et tirant le pié[3],
    Demi-morte et demi-boiteuse,
60 Droit au logis s'en retourna :
    Que bien, que mal[4], elle arriva
    Sans autre aventure fâcheuse.
Voilà nos gens rejoints[5] ; et je laisse à juger
De combien de plaisirs ils payèrent leurs peines.

65 Amants, heureux amants, voulez-vous voyager ?
    Que ce soit aux rives prochaines.
Soyez-vous l'un à l'autre un monde toujours beau,
    Toujours divers, toujours nouveau ;
Tenez-vous lieu de tout, comptez pour rien le reste.
70 J'ai quelquefois[6] aimé : je n'aurais pas alors,
    Contre le Louvre[7] et ses trésors,

---

notes

1. le lier : l'attraper.
2. des nues : du ciel.
3. pié : pied.
4. Que bien, que mal : Tant bien que mal.
5. rejoints : réunis.
6. quelquefois : une fois.
7. le Louvre : résidence du roi.

L'expérience du monde

Contre le firmament et sa voûte céleste,
  Changé les bois, changé les lieux
Honorés par les pas, éclairés par les yeux
  De l'aimable et jeune Bergère
  Pour qui, sous le fils de Cythère[1],
Je servis, engagé par mes premiers serments.
Hélas ! quand reviendront de semblables moments ?
Faut-il que tant d'objets[2] si doux et si charmants
Me laissent vivre au gré de mon âme inquiète ?
Ah ! si mon cœur osait encor se renflammer !
Ne sentirai-je plus de charme qui m'arrête ?
Ai-je passé le temps d'aimer ?

Jean de La Fontaine, « Les deux Pigeons », *Fables*, livre IX, 2.

Gravure illustrative pour *Les deux Pigeons*.

notes

1. le fils de Cythère : le dieu Amour ; Cythère était une île grecque dédiée au culte de Vénus.

2. objets : au XVIIe siècle, l'objet est la femme aimée ou désirée.

Victor Hugo (1802-1885) *est l'auteur de nombreux ouvrages : romans, pièces de théâtre, poésie.* Les Rayons et les Ombres, *publié en 1840, livre les réflexions du poète sur sa mission et sur la destinée humaine. Se concevant comme un « écho du monde », le poète est à l'unisson des souffrances et des interrogations des hommes. Ainsi,* « Oceano nox » *est une méditation lyrique et pathétique sur la nature et sur la mort.*

Oceano nox [1]

Oh ! combien de marins, combien de capitaines
Qui sont partis joyeux pour des courses lointaines,
Dans ce morne horizon se sont évanouis !
Combien ont disparu, dure et triste fortune !
5   Dans une mer sans fond, par une nuit sans lune,
Sous l'aveugle océan à jamais enfouis !

Combien de patrons morts avec leurs équipages !
L'ouragan de leur vie a pris toutes les pages
Et d'un souffle il a tout dispersé sur les flots !
10   Nul ne saura leur fin dans l'abîme plongée.
Chaque vague en passant d'un butin s'est chargée ;
L'une a saisi l'esquif [2], l'autre les matelots !

---

notes

1. Oceano nox : titre latin : « La nuit de l'océan ».   **2. esquif :** petite embarcation.

Nul ne sait votre sort, pauvres têtes perdues !
Vous roulez à travers les sombres étendues,
15   Heurtant de vos fronts morts des écueils inconnus.
Oh ! que de vieux parents, qui n'avaient plus qu'un rêve,
Sont morts en attendant tous les jours sur la grève
        Ceux qui ne sont pas revenus !

On s'entretient de vous parfois dans les veillées.
20 Maint joyeux cercle, assis sur des ancres rouillées,
Mêle encor quelque temps vos noms d'ombre couverts
Aux rires, aux refrains, aux récits d'aventures,
Aux baisers qu'on dérobe à vos belles futures[1],
Tandis que vous dormez dans les goémons[2] verts !

25 On demande : « Où sont-ils ? sont-ils rois dans quelque île ?
Nous ont-ils délaissés pour un bord plus fertile ? »
Puis votre souvenir même est enseveli.
Le corps se perd dans l'eau, le nom dans la mémoire.
Le temps, qui sur toute ombre en verse une plus noire,
30 Sur le sombre océan jette le sombre oubli.

Bientôt des yeux de tous votre ombre est disparue.
L'un n'a-t-il pas sa barque et l'autre sa charrue ?
Seules, durant ces nuits où l'orage est vainqueur,
Vos veuves aux fronts blancs, lasses de vous attendre,
35 Parlent encor de vous en remuant la cendre
        De leur foyer et de leur cœur !

---

notes

1. vos belles futures : vos fiancées.

2. goémons : algues marines.

Et quand la tombe enfin a fermé leur paupière,
Rien ne sait plus vos noms, pas même une humble pierre
Dans l'étroit cimetière où l'écho nous répond,
40 Pas même un saule vert qui s'effeuille à l'automne,
Pas même la chanson naïve et monotone
Que chante un mendiant à l'angle d'un vieux pont !

Où sont-ils, les marins sombrés dans les nuits noires ?
Ô flots, que vous savez de lugubres histoires !
45 Flots profonds redoutés des mères à genoux !
Vous vous les racontez en montant les marées,
Et c'est ce qui vous fait ces voix désespérées
Que vous avez le soir quand vous venez vers nous.

Victor Hugo, « Oceano nox », *Les Rayons et les Ombres*, 1840.

Le Radeau de la Méduse, peinture de Théodore Géricault (1791-1824), 1819, Paris, musée du Louvre.

Charles Baudelaire (1821-1867), *poète majeur du XIXe siècle, était un esprit tourmenté qui a exprimé son mal de vivre dans des poèmes d'une grande originalité. Son regard singulier tente de saisir le mystère enfoui des choses, les symboles et les images invisibles. « L'invitation au voyage », où se mêlent exotisme et sensualité, se distingue, dans le recueil* Les Fleurs du Mal, *par sa tonalité sereine et mélodieuse.*

L'invitation au voyage

    Mon enfant, ma sœur[1],
    Songe à la douceur
D'aller là-bas vivre ensemble !
    Aimer à loisir,
    Aimer et mourir
Au pays qui te ressemble !
    Les soleils mouillés
    De ces ciels[2] brouillés
Pour mon esprit ont les charmes[3]
    Si mystérieux
    De tes traîtres yeux,
Brillant à travers leurs larmes.

Là, tout n'est qu'ordre et beauté,
Luxe, calme et volupté.

    Des meubles luisants,
    Polis par les ans,
Décoreraient notre chambre ;

---

notes

1. ma sœur : le poète s'adresse à la femme aimée.

2. ciels : au pluriel, dans le vocabulaire technique des peintres.

3. charmes : attraits magiques.

Les plus rares fleurs
Mêlant leurs odeurs
Aux vagues senteurs de l'ambre[1],
Les riches plafonds,
Les miroirs profonds,
La splendeur orientale,
Tout y parlerait
À l'âme en secret
Sa douce langue natale.

Là, tout n'est qu'ordre et beauté,
Luxe, calme et volupté.

Vois sur ces canaux
Dormir ces vaisseaux
Dont l'humeur est vagabonde ;
C'est pour assouvir
Ton moindre désir
Qu'ils viennent du bout du monde.
Les soleils couchants
Revêtent les champs,
Les canaux, la ville entière,
D'hyacinthe[2] et d'or ;
Le monde s'endort
Dans une chaude lumière.

Là, tout n'est qu'ordre et beauté,
Luxe, calme et volupté.

Charles Baudelaire, « L'invitation au voyage », *Les Fleurs du Mal*, 1861.

notes

1. l'ambre : parfum exotique. **2. hyacinthe :** couleur d'un jaune rougeâtre.

Au fil du texte

**Questions sur *L'invitation au voyage*
(pages 90-91)**

AVEZ-VOUS BIEN LU ?

1. Le poète évoque-t-il un pays précis ? Quels éléments peuvent cependant faire penser à la Hollande ?

2. Quel est l'objet de la description dans la deuxième strophe ?

> *registre de langue :* manière de s'exprimer en fonction des circonstances. On distingue quatre registres de langue : soutenu, courant, familier et vulgaire.
>
> *type de phrase :* à chaque acte de parole (manière de s'adresser à quelqu'un pour provoquer ses réactions) correspond un type de phrase : déclaratif, interrogatif, injonctif ou exclamatif.

ÉTUDIER LE VOCABULAIRE ET LA GRAMMAIRE

3. Quel est le sens du mot « *charmes* » (vers 9) dans ce poème ? Employez le mot dans une phrase où il aura un sens plus courant.

4. Que signifie le terme « *volupté* » (vers 14) ? Donnez-en un synonyme.

5. À quel registre de langue★ appartient le verbe « *assouvir* » (vers 32) ? Donnez-en des synonymes.

6. Quel type de phrase★ est employé au début du poème ? Pourquoi ?

7. Quels adverbes de lieu renvoient au pays évoqué ?

8. Observez le mode des verbes tout au long du poème. Quels changements remarquez-vous ? Comment peut-on interpréter cette évolution ?

ÉTUDIER LA FORME DU POÈME
(VOIR DOSSIER BIBLIOCOLLÈGE, P. 134)

9. De combien de strophes se compose ce poème ?

10. Où se trouve le refrain et combien de fois apparaît-il ?

11. Quels sont les types de vers employés ? S'agit-il de vers pairs ou impairs ? Quel est l'effet produit ?

12. Observez l'agencement des rimes et montrez que les trois strophes suivent le même schéma.

13. Observez l'agencement des rimes féminines et masculines★ dans les strophes. Que remarquez-vous ?

14. Pourquoi peut-on dire que ce poème est proche de la chanson ?

rimes féminines ou masculines : **rimes terminées ou non par un « e » muet.**

assonance : **répétition d'une même voyelle (ou son vocalique) dans un vers ou une phrase.**

personnification : **procédé consistant à traiter un animal, un objet ou une réalité abstraite comme un personnage réel.**

ÉTUDIER L'ÉCRITURE POÉTIQUE

15. Relevez le jeu des assonances★ dans ce poème. En quoi contribuent-elles à la musicalité de l'ensemble ?

16. Retrouvez dans les deuxième et troisième strophes les éléments qui justifient les termes du refrain : « ordre », « beauté », « luxe », « calme », « volupté ».

17. Étudiez les contrastes d'ombre et de lumière, le jeu des couleurs. En quoi le poème évoque-t-il un tableau ?

18. À l'aide de quels termes les vaisseaux sont-ils personnifiés★ dans les vers 29 à 34 ?

ÉTUDIER LE THÈME DU VOYAGE

19. Qui le poète invite-t-il au voyage ?

20. Quel est l'espace décrit dans chaque strophe ? Quelle alternance remarque-t-on ?

21. Quelle correspondance apparaît entre la femme et le paysage dans la première strophe ?

22. Relevez le champ lexical de l'exotisme et du lointain dans ce poème.

23. Le voyage rêvé devient-il réalité ? Justifiez votre réponse.

LIRE L'IMAGE

Voir document page 95.

24. Décrivez la vue de Delft : notez les points communs avec le poème de Baudelaire (lumière, canaux).

À VOS PLUMES !

25. Si vous deviez écrire une « invitation au voyage » à la manière de Baudelaire, quel pays évoqueriez-vous ? Rédigez un texte où vous invitez quelqu'un à partir avec vous pour le pays de vos rêves. Vous décrirez ce lieu de manière à communiquer à votre destinataire le désir de voyager.

L'expérience du monde

Vue de Delft, peinture de Johannes Vermeer (1632-1675),
vers 1658, La Haye, Mauritshuis.

L'expérience du monde

*Descendant des conquistadores espagnols, né à Cuba et élevé en France, **José Maria de Heredia (1842-1905)** fit partie du mouvement parnassien, aux côtés de Leconte de Lisle. Le recueil des* Trophées, *son œuvre maîtresse, est composé de 118 sonnets évoquant sous forme de tableaux ou de miniatures les grandes civilisations. « Les conquérants », qui allie la tonalité épique à la concision du sonnet, ressuscite à merveille l'esprit des conquêtes.*

Les conquérants

Comme un vol de gerfauts[1] hors du charnier[2] natal,
Fatigués de porter leurs misères hautaines,
De Palos de Moguer[3], routiers[4] et capitaines
Partaient, ivres d'un rêve héroïque et brutal.

5   Ils allaient conquérir le fabuleux métal[5]
Que Cipango[6] mûrit dans ses mines lointaines,
Et les vents alizés inclinaient leurs antennes[7]
Aux bords mystérieux du monde Occidental.

---

notes

1. gerfauts : grands faucons utilisés au Moyen Âge pour la chasse.

2. charnier : nid des oiseaux de proie.

3. Palos de Moguer : port d'Andalousie où Christophe Colomb s'embarqua en 1492.

4. routiers : soldats aventuriers en quête de butin.

5. le fabuleux métal : l'or.

6. Cipango : nom que Christophe Colomb donnait au Japon, but de son expédition, d'après le *Livre des merveilles* de Marco Polo.

7. antennes : longues pièces de bois qui soutenaient les voiles.

Chaque soir, espérant des lendemains épiques[1],
10 L'azur[2] phosphorescent de la mer des Tropiques
Enchantait leur sommeil d'un mirage doré ;

Ou penchés à l'avant des blanches caravelles[3],
Ils regardaient monter en un ciel ignoré
Du fond de l'Océan des étoiles nouvelles.

José Maria de Heredia, « Les conquérants », *Les Trophées*, 1893.

Caravelle prenant le large, gravure tirée des *Grands Voyages* de Théodore de Bry, XVIe siècle.

notes

1. épiques : héroïques.
2. L'azur : le ciel.
3. caravelles : navires des conquêtes, à trois ou quatre mâts et à grandes voiles triangulaires.

Au fil du texte

Questions sur *Les conquérants* (pages 96-97)

AVEZ-VOUS BIEN LU ?

1. À quelles conquêtes le poète fait-il allusion ?
2. À quels oiseaux les conquérants sont-ils comparés dans la première strophe ?
3. D'où les conquérants partaient-ils et quelle était leur destination ?

antithèse : rapprochement de deux termes ou idées de sens opposé.

ÉTUDIER LE VOCABULAIRE ET LA GRAMMAIRE

4. Que sont les « *vents alizés* » (vers 7) ? Quelle indication géographique ces mots donnent-ils ?
5. Que signifie l'adjectif « *Occidental* » (vers 8) ? Quel est l'adjectif de sens opposé ?
6. Quel est le sens ancien de l'adjectif « *fabuleux* » (vers 5) ?
7. Cherchez l'origine du mot « *azur* » (vers 10) et expliquez pourquoi il désigne ici le ciel.
8. Que signifie l'adjectif « *phosphorescent* » (vers 10) ?
9. Quel est le temps employé dans ce sonnet ? Quelle est sa valeur ?
10. Trouvez une proposition subordonnée relative et donnez son antécédent.

ÉTUDIER L'ÉCRITURE

11. Expliquez l'antithèse★ « *rêve héroïque et brutal* » (vers 4). En quoi résume-t-elle bien l'état d'esprit des conquistadores ?

Les conquérants

12. Pourquoi le verbe « *Partaient* » (vers 4) est-il placé en début de vers ? Quel est l'effet produit ?

13. Étudiez l'évolution des sonorités dans le poème en relevant les allitérations★. Que remarquez-vous ?

14. Comment doit-on prononcer le mot « *mystérieux* » (vers 8) pour respecter l'alexandrin ? (voir dossier Bibliocollège, p. 137)

ÉTUDIER LE SONNET (VOIR DOSSIER BIBLIOCOLLÈGE, P. 140)

15. Relisez les caractéristiques du sonnet. Le poème correspond-il bien aux règles du genre (type et organisation des strophes, type de vers, agencement des rimes) ?

ÉTUDIER LE THÈME DE LA CONQUÊTE

16. Quels termes laissent supposer une certaine violence dans le premier quatrain ?

17. Comment comprenez-vous l'image du premier vers ? Quel était l'état d'esprit des conquérants ?

18. Pour quelle raison les conquérants quittaient-ils leur terre natale ?

19. Par quelle périphrase★ l'or est-il désigné ?

20. Quel adjectif du premier tercet fait écho à l'adjectif « *héroïque* » (vers 4) ?

ÉTUDIER LE THÈME DU VOYAGE ET DES DÉCOUVERTES

21. Relevez les noms propres qui précisent la route des navigateurs.

allitération : répétition d'une même consonne dans un vers ou une phrase.

périphrase : remplacement d'un mot par une expression de même sens. *Exemple :* la capitale de la France pour Paris.

Au fil du texte — Les conquérants

22. Relevez le champ lexical du mystère et de l'inconnu dans le poème.

23. Comment comprenez-vous l'expression « *mirage doré* » (vers 11) ? À quel terme du premier quatrain le mot « *mirage* » renvoie-t-il ?

24. Que révèle l'attitude des navigateurs dans le dernier tercet ?

LIRE L'IMAGE
Voir document page 97.

25. Décrivez cette gravure en quelques lignes ; précisez notamment comment le point de départ et la destination des « conquérants » sont représentés.

À VOS PLUMES !

26. Documentez-vous sur l'histoire des grandes découvertes et notamment sur l'expédition de Christophe Colomb. Vous présenterez votre travail sous forme de récit.

27. Vous êtes l'un des compagnons de Christophe Colomb et vous tenez votre journal de bord durant le voyage : racontez ce que vous voyez et ce que vous espérez trouver à l'arrivée. Vous tâcherez d'exprimer à la fois l'enthousiasme de la conquête et la peur de l'inconnu.

28. Vous êtes un conquistador espagnol et vous venez d'atteindre la terre ferme dans les îles Caraïbes après plusieurs mois de navigation. Vous écrivez à un ami resté en Espagne pour décrire vos découvertes et lui faire part de votre émerveillement.

Arthur Rimbaud (1854-1891) *fut un poète précoce qui composa ses premiers poèmes à l'âge de seize ans. Révolté et novateur, il est l'auteur d'une œuvre brève qui a profondément transformé la poésie. Le recueil des* Illuminations *porte au plus haut point la recherche visuelle et poétique de Rimbaud pour qui l'expérience du monde se transmet par « l'alchimie du verbe ».*

Aube

J'ai embrassé l'aube d'été.
Rien ne bougeait encore au front des palais. L'eau était morte. Les camps d'ombres ne quittaient pas la route du bois. J'ai marché, réveillant les haleines vives et tièdes, et les pierreries regardèrent, et les ailes se levèrent sans bruit.
La première entreprise[1] fut, dans le sentier déjà empli de frais et blêmes éclats, une fleur qui me dit son nom. Je ris au wasserfall[2] blond qui s'échevela à travers les sapins : à la cime argentée je reconnus la déesse[3].
Alors je levai un à un les voiles. Dans l'allée, en agitant les bras. Par la plaine, où je l'ai dénoncée au coq. À la grand'ville elle fuyait parmi les clochers et les dômes, et courant comme un mendiant sur les quais de marbre, je la chassais[4].
En haut de la route, près d'un bois de lauriers, je l'ai entourée avec ses voiles amassés, et j'ai senti un peu son immense corps. L'aube et l'enfant tombèrent au bas du bois.
Au réveil il était midi.

Arthur Rimbaud, « Aube », *Les Illuminations*, 1886.

notes

1. entreprise : conquête.
2. wasserfall : « chute d'eau », en allemand.
3. déesse : l'aube, qui éclaire d'abord les cimes.
4. chassais : poursuivais.

Poète et romancier, **Blaise Cendrars (1887-1961)** *est avant tout un infatigable voyageur qui a nourri ses œuvres de son odyssée à travers le monde. Proche d'Apollinaire, précurseur du mouvement surréaliste, il publie des recueils de poèmes aux titres évocateurs* (Du monde entier, Feuilles de route, Au cœur du monde) *qui retranscrivent son expérience de l'inconnu. Ces « Menus » lointains, qui peuvent faire songer à Prévert, révèlent « l'appétit » de Cendrars pour les contrées exotiques.*

Menus

I

Foie de tortue verte truffé
Langouste à la mexicaine
Faisan de la Floride
Iguane sauce caraïbe
Gombos[1] et choux palmistes[2]

II

Saumon du Rio Rouge
Jambon d'ours canadien
Roast-beef des prairies du Minnesota
Anguilles fumées
Tomates de San-Francisco
Pale-ale[3] et vins de Californie

---

notes

1. Gombos : fruits tropicaux dont on fait une soupe.

2. choux palmistes : cœurs de palmiers.

3. Pale-ale : bière anglaise blonde.

L'expérience du monde

III
Saumon de Winnipeg
Jambon de mouton à l'Écossaise
Pommes Royal-Canada
Vieux vins de France

IV
Kankal-Oysters[1]
Salade de homard cœurs de céleris
Escargots de France vanillés au sucre
Poulet de Kentucky
Desserts café whisky canadian-club

V
Ailerons de requin confits dans la saumure[2]
Jeunes chiens mort-nés préparés au miel
Vin de riz aux violettes
Crème au cocon de ver à soie
Vers de terre salés et alcool de Kawa[3]
Confiture d'algues marines

VI
Conserves de bœuf de Chicago et salaisons allemandes
Langouste
Ananas goyaves nèfles du Japon noix de coco mangues
pommes crème
Fruits de l'arbre à pain[4] cuits au four

---

notes

1. Kankal-Oysters : huîtres de Cancale.
2. saumure : eau fortement salée qui sert à faire des conserves.
3. Kawa : variété de poivrier qui pousse en Polynésie et dont la racine sert à faire de l'alcool.
4. arbre à pain : ou artocarpe, arbre de l'Asie tropicale et de l'Océanie dont le fruit comestible a une chair blanche, féculente.

VII
Soupe à la tortue
Huîtres frites
Patte d'ours truffée
Langouste à la Javanaise

VIII
Ragoût de crabes de rivière au piment
Cochon de lait entouré de bananes frites
Hérisson au ravensara
Fruits

Blaise Cendrars, « Menus », *in* nouvelle édition des œuvres complètes :
« Tout autour d'aujourd'hui », vol. 1, *Poésies complètes*,
© Éditions Denoël, 1947, 1963, 2001 et Miriam Cendrars, 1961.

Le dialogue

Jean de La Fontaine (1621-1695), qui vécut sous le règne de Louis XIV, connut le succès grâce aux Fables, *publiées entre 1668 et 1694. Le poète y dépeint la société de son temps et en particulier les mœurs de la Cour qu'il eut l'occasion d'observer de près. La Fontaine « se sert des animaux pour instruire les hommes », comme dans « Les Animaux malades de la Peste » où il dénonce la comédie de la Cour et l'injustice faite aux faibles.*

Les Animaux malades de la Peste

Un mal qui répand la terreur,
Mal que le Ciel en sa fureur
Inventa pour punir les crimes de la Terre,
La Peste (puisqu'il faut l'appeler par son nom),
5   Capable d'enrichir en un jour l'Achéron[1],

note

1. l'Achéron : fleuve des Enfers, dans la mythologie grecque.

Faisait aux Animaux la guerre.
Ils ne mouraient pas tous, mais tous étaient frappés ;
On n'en voyait point d'occupés
À chercher le soutien d'une mourante vie ;
Nul mets[1] n'excitait leur envie,
Ni Loups ni Renards n'épiaient
La douce et l'innocente proie ;
Les Tourterelles se fuyaient :
Plus d'amour, partant[2] plus de joie.
Le Lion tint conseil, et dit : « Mes chers amis,
Je crois que le Ciel a permis
Pour nos péchés cette infortune.
Que le plus coupable de nous
Se sacrifie aux traits du céleste courroux[3] ;
Peut-être il obtiendra la guérison commune.
L'histoire nous apprend qu'en de tels accidents
On fait de pareils dévouements[4].
Ne nous flattons donc point ; voyons sans indulgence
L'état de notre conscience.
Pour moi, satisfaisant mes appétits gloutons,
J'ai dévoré force[5] moutons.
Que m'avaient-ils fait ? Nulle offense ;
Même il m'est arrivé quelquefois de manger
Le Berger.
Je me dévouerai donc, s'il le faut ; mais je pense
Qu'il est bon que chacun s'accuse ainsi que moi :
Car on doit souhaiter, selon toute justice,
Que le plus coupable périsse.

---

notes

1. mets : aliment, nourriture.
2. partant : par conséquent.
3. courroux : colère.
4. dévouements : sacrifices.
5. force : de nombreux.

Le dialogue

    – Sire, dit le Renard, vous êtes trop bon Roi ;
35 Vos scrupules font voir trop de délicatesse.
    Eh bien ! manger moutons, canaille, sotte espèce,
    Est-ce un péché ? Non, non. Vous leur fîtes, Seigneur,
        En les croquant, beaucoup d'honneur ;
        Et quant au Berger, l'on peut dire
40   Qu'il était digne de tous maux,
    Étant de ces gens-là qui sur les animaux
        Se font un chimérique empire[1]. »
    Ainsi dit le Renard ; et flatteurs d'applaudir.
        On n'osa trop approfondir
45 Du Tigre, ni de l'Ours, ni des autres puissances,
        Les moins pardonnables offenses.
    Tous les gens querelleurs, jusqu'aux simples Mâtins[2],
    Au dire de chacun, étaient de petits saints.
    L'Âne vint à son tour, et dit : « J'ai souvenance
50   Qu'en un pré de moines passant,
    La faim, l'occasion, l'herbe tendre, et, je pense,
        Quelque diable aussi me poussant,
    Je tondis de ce pré la largeur de ma langue.
    Je n'en avais nul droit, puisqu'il faut parler net. »
55 À ces mots on cria haro[3] sur le Baudet
    Un Loup, quelque peu clerc[4], prouva par sa harangue[5]
    Qu'il fallait dévouer[6] ce maudit Animal,
    Ce pelé, ce galeux, d'où venait tout leur mal.
    Sa peccadille[7] fut jugée un cas pendable.

---

notes

1. chimérique empire : pouvoir imaginaire (de l'homme sur les animaux).
2. Mâtins : gros chiens.
3. on cria haro : on désigna à la vengeance publique ; l'expression « crier haro sur le Baudet » a été popularisée par cette fable.
4. clerc : instruit.
5. harangue : discours.
6. dévouer : sacrifier.
7. peccadille : faute légère.

60 Manger l'herbe d'autrui ! quel crime abominable !
Rien que la mort n'était capable
D'expier son forfait[1] : on le lui fit bien voir.

Selon que vous serez puissant ou misérable,
Les jugements de Cour vous rendront blanc ou noir.

Jean de La Fontaine, « Les Animaux malades de la Peste »,
Fables, livre VII, 1.

Les Animaux malades de la Peste, gravure de Pannemaker d'après **Gustave Doré** (1832-1883).

note
------

1. expier son forfait : effacer son crime.

Au fil du texte

**Questions sur *Les Animaux malades de la Peste*
(pages 105 à 108)**

AVEZ-VOUS BIEN LU ?

1. Pourquoi le Lion convoque-t-il un conseil et que propose-t-il ?

2. Quels sont les crimes du Lion ?

3. Quel est le « *crime* » de l'Âne ?

4. Quelle sentence est prononcée contre l'Âne ?

ÉTUDIER LE VOCABULAIRE ET LA GRAMMAIRE

5. À quel registre de langue★ le mot « *mets* » (vers 10) appartient-il ?

6. Que désigne dans la fable le mot « *Ciel* » (vers 2 et 16) ?

7. Remplacez la périphrase★ « *le soutien d'une mourante vie* » (vers 9) par un terme équivalent.

8. Quel est le sens de la préposition « *pour* » au vers 17 ?

9. Que signifie le terme « *scrupules* » (vers 35) ? Employez ce mot dans une phrase de votre composition.

10. Quelle est l'origine de l'adjectif « *chimérique* » (vers 42) ?

11. Comment comprenez-vous la tournure « *et flatteurs d'applaudir* » (vers 43) ? Quelle est la valeur de l'infinitif ?

---

registre de langue : manière de s'exprimer en fonction des circonstances. On distingue quatre registres de langue : soutenu, courant, familier et vulgaire.

périphrase : remplacement d'un mot par une expression de même sens. *Exemple :* la capitale de la France pour Paris.

Au fil du texte

12. Relevez les passages au discours indirect libre dans l'intervention du Loup (vers 56 à 62).

ÉTUDIER L'ÉNONCIATION*

13. Distinguez le récit du dialogue en relevant les numéros de vers. Qui parle dans le dialogue ?

14. Le narrateur est-il neutre ou bien prend-il parti pour l'un des animaux ? Justifiez votre réponse.

15. Qui parle au vers 60 ?

16. Qui est désigné par le pronom « *vous* » dans les vers 63-64 ?

énonciation : mode sur lequel un énoncé (ce qui est dit ou écrit) est produit, et en particulier manière dont l'auteur manifeste son point de vue.

antithèse : rapprochement de deux termes ou idées de sens opposé.

argument : raison que l'on donne pour convaincre.

ÉTUDIER L'ÉCRITURE

17. Pourquoi le mot « *Peste* » est-il retardé jusqu'au vers 4 ? Quel champ lexical annonce la maladie ?

18. Que signifie la périphrase du vers 5 ?

19. Quelle remarque faites-vous sur le vers 29 ? Quel est l'effet produit ?

20. Expliquez l'antithèse* du vers 59. Quels sont les mots qui s'opposent ?

ÉTUDIER L'ARGUMENTATION

21. Que pensez-vous du discours du Lion ? Vous paraît-il sincère ?

22. Quels sont les arguments* du Renard en faveur du Lion ? Quelle est la stratégie du Renard ?

23. À quelles marques voit-on que le Renard cherche à flatter le Lion ?

24. Pourquoi n'examine-t-on pas sérieusement les « *offenses* » du Tigre et de l'Ours ?

25. Que pensez-vous du discours de l'Âne ? Pourquoi paraît-il naïf ?

26. Relevez les termes insultants par lesquels le Loup désigne l'Âne. Quel est le ton de son discours ?

ÉTUDIER LE GENRE DE LA FABLE

27. À quel endroit le narrateur tire-t-il la conclusion de l'histoire ? Comment appelle-t-on cette partie de la fable ?

28. À quoi voit-on que les animaux représentent des humains ?

29. Quelles personnes réelles ou quelles fonctions les animaux de la fable représentent-ils ?

30. Que dénonce La Fontaine dans cette fable ? Connaissez-vous d'autres fables sur ce thème ?

31. La morale de la fable vous paraît-elle optimiste ou pessimiste ? Quels sentiments La Fontaine veut-il susciter chez son lecteur ?

plan : **chacune des parties d'une image définie par son éloignement de l'œil.**

LIRE L'IMAGE

Voir document page 108.

32. Commentez la disposition des animaux dans cette gravure de Gustave Doré, et notamment la place du Lion.

33. Quelle scène se déroule au deuxième plan★ ? La gravure vous semble-t-elle fidèle à la fable de La Fontaine ? Imaginiez-vous la scène comme cela ?

Au fil du texte - Les Animaux malades de la Peste

À VOS PLUMES !

34. Réécrivez le dialogue des vers 15 à 42 dans le registre courant ou familier.

35. Imaginez que l'Âne tâche de se défendre. Quels arguments pourrait-il donner ? Rédigez son discours.

Le dialogue

***Jean de La Fontaine (1621-1695)**, qui vécut sous le règne de Louis XIV, connut le succès grâce aux* Fables, *publiées entre 1668 et 1694. Le poète y dépeint la société de son temps et en particulier les mœurs de la Cour qu'il eut l'occasion d'observer de près. Se servant « des animaux pour instruire les hommes », La Fontaine équilibre l'art du récit et la moralité dans des fables qui sont, comme celle-ci, de véritables scènes vivantes.*

Le Loup et le Chien

      Un Loup n'avait que les os et la peau ;
      Tant les Chiens faisaient bonne garde.
Ce Loup rencontre un Dogue aussi puissant que beau,
Gras, poli, qui s'était fourvoyé[1] par mégarde.
      L'attaquer, le mettre en quartiers,
      Sire Loup l'eût fait volontiers.
      Mais il fallait livrer bataille ;
      Et le Mâtin[2] était de taille
      À se défendre hardiment.
      Le Loup donc l'aborde humblement,
Entre en propos, et lui fait compliment
      Sur son embonpoint qu'il admire.
     « Il ne tiendra qu'à vous, beau Sire,
D'être aussi gras que moi, lui repartit le Chien.
      Quittez les bois, vous ferez bien :
      Vos pareils y sont misérables,
      Cancres, haires[3], et pauvres diables,

---

notes

1. fourvoyé : perdu.
2. Mâtin : gros chien.
3. Cancres, haires : pauvres, indigents.

Dont la condition est de mourir de faim.
Car quoi ? Rien d'assuré ; point de franche lippée[1] ;
20   Tout à la pointe de l'épée.
Suivez-moi ; vous aurez un bien meilleur destin. »
    Le Loup reprit : « Que me faudra-t-il faire ?
– Presque rien, dit le Chien ; donner la chasse aux gens
    Portant bâtons, et mendiants ;
25 Flatter ceux du logis, à son Maître complaire ;
    Moyennant quoi votre salaire
Sera force reliefs[2] de toutes les façons :
    Os de poulets, os de pigeons ;
    Sans parler de mainte caresse. »
30 – Le Loup déjà se forge une félicité
    Qui le fait pleurer de tendresse.
Chemin faisant il vit le col du Chien pelé :
« Qu'est-ce là ? lui dit-il. – Rien. – Quoi ? rien ? – Peu de chose.
– Mais encor ? – Le collier dont je suis attaché
35 De ce que vous voyez est peut-être la cause.
– Attaché ? dit le Loup ; vous ne courez donc pas
    Où vous voulez ? – Pas toujours, mais qu'importe ?
– Il importe si bien, que de tous vos repas
    Je ne veux en aucune sorte,
40 Et ne voudrais pas même à ce prix un trésor. »
Cela dit, maître Loup s'enfuit, et court encor.

    Jean de La Fontaine, « Le Loup et le Chien », *Fables*, livre I, 5.

notes
-----
1. *lippée* : bon repas.
2. *force reliefs* : de nombreux restes de repas.

Jean Tardieu (1903-1995) *est poète et auteur de pièces de théâtre. Ses œuvres ont pour point commun les jeux de langage, un humour poétique et fantastique qui dissimule parfois une réelle inquiétude existentielle. Les deux dialogues suivants, où l'humour n'exclut pas la profondeur, révèlent l'esprit ludique de l'auteur.*

Conversation

(Sur le pas de la porte, avec bonhomie.)
Comment ça va sur la terre ?
– Ça va ça va, ça va bien.

Les petits chiens sont-ils prospères ?
– Mon Dieu oui merci bien.

Et les nuages ?
– Ça flotte.

Et les volcans ?
– Ça mijote.

Et les fleuves ?
– Ça s'écoule.

Et le temps ?
– Ça se déroule.

Et votre âme ?
– Elle est malade
le printemps était trop vert
elle a mangé trop de salade.

Jean Tardieu, « Conversation », in Monsieur, Monsieur,
recueilli dans Le Fleuve caché, Gallimard, 1951.

La môme néant

(Voix de marionnette, voix de fausset, aiguë, nasillarde, cassée, cassante, caquetante, édentée.)

Quoi qu'a dit ?
— A dit rin.

Quoi qu'a fait ?
— A fait rin.

À quoi qu'a pense
— A pense à rin.

Pourquoi qu'a dit rin ?
Pourquoi qu'a fait rin ?
Pourquoi qu'a pense à rin ?

— A'xiste pas.

Jean Tardieu, « La môme néant », *in Monsieur, Monsieur*,
recueilli dans *Le Fleuve caché*, Gallimard, 1951.

Au fil du texte

Questions sur *Conversation* et *La môme néant* (pages 115-116)

AVEZ-VOUS BIEN LU ?

1. Combien de voix dialoguent dans chaque texte ?

2. Les interlocuteurs sont-ils nommés ?

3. Lequel de ces dialogues est écrit en français courant ?

ÉTUDIER LE VOCABULAIRE

Conversation

4. Que veut dire le mot « *bonhomie* » (ligne 1) ? Quel est le ton de la conversation ?

5. Que signifie l'adjectif « *prospère* » (ligne 4) ? Pourquoi l'emploi du mot est-il comique ici ?

6. À quel champ lexical appartient le verbe « *mijote* » (ligne 9) ? Qu'est-ce qui « *mijote* » dans les volcans ?

La môme néant

7. Que veut dire « *néant* » ? Quel rapport faites-vous entre ce titre et le contenu du poème ?

8. Qu'est-ce qu'une « *voix de fausset* » (ligne 1) ? Quels termes de la didascalie★ la définissent ?

didascalie : au théâtre, indication de mise en scène donnée par l'auteur, souvent insérée en italiques dans le texte.

ÉTUDIER L'ÉCRITURE

9. Ces deux textes présentent-ils les caractéristiques habituelles de la poésie (strophes, vers, rimes) ?

10. Quel procédé est utilisé pour décrire la voix dans la didascalie ?

Au fil du texte — Conversation – La môme néant

ÉTUDIER LE DIALOGUE

11. Relevez les didascalies dans chaque dialogue. Quelles indications donnent-elles ?

12. D'habitude, dans quel genre de texte trouve-t-on des didascalies ?

13. Par quel signe typographique le changement d'interlocuteur est-il signalé ?

14. Comment les répliques s'enchaînent-elles ?

15. Dans « Conversation », quel est l'ordre des questions ? Quelle gradation remarquez-vous ?

16. Qui peuvent être les interlocuteurs dans « La môme néant » ?

ÉTUDIER L'HUMOUR

17. D'où naît l'humour à la fin de « Conversation » ? Par quel procédé l'âme est-elle assimilée à un corps ?

18. Comment la lettre « A » est-elle utilisée dans « La môme néant » ? Pourquoi la fin du texte est-elle surprenante ?

19. L'humour de Tardieu se teinte d'une légère tristesse. À quoi le voit-on ?

À VOS PLUMES !

20. Composez un dialogue absurde avec un (une) camarade : l'un (l'une) de vous rédige des questions, l'autre des réponses, sans communiquer. Assemblez ensuite les questions et les réponses au hasard. Vous obtiendrez un dialogue surréaliste !

21. Rétablissez « La môme néant » en français correct. Le texte garde-t-il le même intérêt ?

*Instituteur de campagne, **René Guy Cadou (1920-1951)** est resté très attaché à sa région natale de Loire-Atlantique. Dans les nombreux recueils qu'il a publiés, il célèbre avec simplicité et ferveur les beautés de la nature, les joies de l'amour et de l'amitié. Dans le texte suivant, le dialogue poétique semble opposer l'auteur lui-même, qui a choisi une solitude bucolique, à un interlocuteur imaginaire qui lui vante les mérites de la capitale.*

Pourquoi n'allez-vous pas à Paris ?

Pourquoi n'allez-vous pas à Paris ?
– Mais l'odeur des lys ! Mais l'odeur des lys !

– Les rives de la Seine ont aussi leurs fleuristes
– Mais pas assez tristes oh ! pas assez tristes !

5 Je suis malade du vert des feuilles et des chevaux
Des servantes bousculées dans les remises du château

– Mais les rues de Paris ont aussi leurs servantes
– Que le diable tente ! que le diable tente !

Mais moi seul dans la grande nuit mouillée
10 L'odeur des lys et la campagne agenouillée

Cette amère montée du sol qui m'environne
Le désespoir et le bonheur de ne plaire à personne

– Tu périras d'oubli et dévoré d'orgueil
– Oui mais l'odeur des lys la liberté des feuilles !

René Guy Cadou, « Pourquoi n'allez-vous pas à Paris ? »,
in *Poésie la vie entière*, Seghers, 2001.

Jacques Prévert (1900-1977) *est un poète populaire qui fut aussi parolier et scénariste. Ses thèmes de prédilection sont l'amour, la liberté et le bonheur. Le texte suivant, qui met en scène un professeur et un imaginaire « élève Hamlet », est un clin d'œil humoristique à la célèbre pièce éponyme de Shakespeare.*

L'accent grave[1]

LE PROFESSEUR
Élève Hamlet !

L'ÉLÈVE HAMLET
(sursautant)
... Hein... Quoi... Pardon... Qu'est-ce qui se passe... Qu'est-ce qu'il y a... Qu'est-ce que c'est ?...

LE PROFESSEUR
(mécontent)
Vous ne pouvez pas répondre « présent » comme tout le monde ? Pas possible, vous êtes encore dans les nuages.

L'ÉLÈVE HAMLET
Être ou ne pas être dans les nuages !

---

note

1. L'accent grave : l'accent grave est la modification apportée à la célèbre formule de Hamlet « Être **ou** ne pas être », que Prévert écrit « Être **où** ne pas être ».

LE PROFESSEUR
Suffit. Pas tant de manières. Et conjuguez-moi le verbe être, comme tout le monde, c'est tout ce que je vous demande.

L'ÉLÈVE HAMLET
To be...

LE PROFESSEUR
En Français, s'il vous plaît, comme tout le monde.

L'ÉLÈVE HAMLET
Bien, monsieur.
(Il conjugue :)
Je suis ou je ne suis pas
Tu es ou tu n'es pas
Il est ou il n'est pas
Nous sommes ou nous ne sommes pas…

LE PROFESSEUR
(excessivement mécontent)
Mais c'est vous qui n'y êtes pas, mon pauvre ami !

L'ÉLÈVE HAMLET
C'est exact, monsieur le professeur,
Je suis « où » je ne suis pas
Et, dans le fond, hein, à la réflexion,
Être « où » ne pas être
C'est peut-être aussi la question.

Jacques Prévert, « L'accent grave », *Paroles*, Gallimard, 1945.

Retour sur l'œuvre

Questions sur le groupement « Amours » (pages 7 à 26)

1. Reliez chaque auteur au mouvement poétique ou littéraire auquel il appartient.

Louise Labé •   • le symbolisme
Alfred de Musset •   • la négritude
Paul Verlaine •   • l'École lyonnaise
Paul Eluard •   • le romantisme
Léopold Sédar Senghor •   • le surréalisme

2. Classez les poèmes du groupement en deux séries, selon qu'ils évoquent l'amour heureux ou l'amour malheureux.

| Amour heureux | |
| Amour malheureux | |

3. Quels sont les poèmes du groupement qui se présentent sous la forme du sonnet ?

....
....

4. Retrouvez dans la grille, grâce aux définitions, certains noms propres en rapport avec les poèmes que vous avez lus.

Horizontalement :
A. Nom d'un parc parisien.
B. Cité légendaire de l'Inde.

Verticalement :
1. Poète sénégalais.
2. Poète surréaliste français.
3. Héroïne de la légende rhénane.

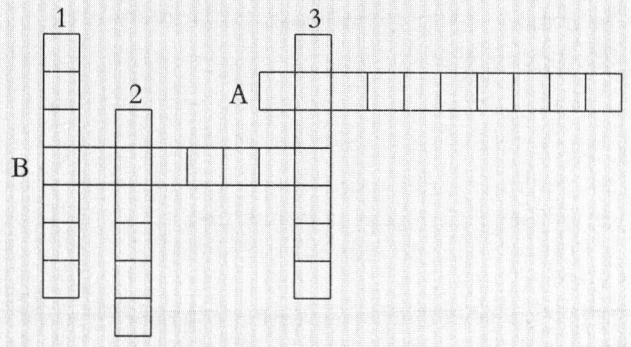

5. Retrouvez la définition des figures de style suivantes :
allitération : ....
métaphore : ....
comparaison : ....
symbole : ....

6. Comment se définit le lyrisme dans les poèmes de ce groupement ?

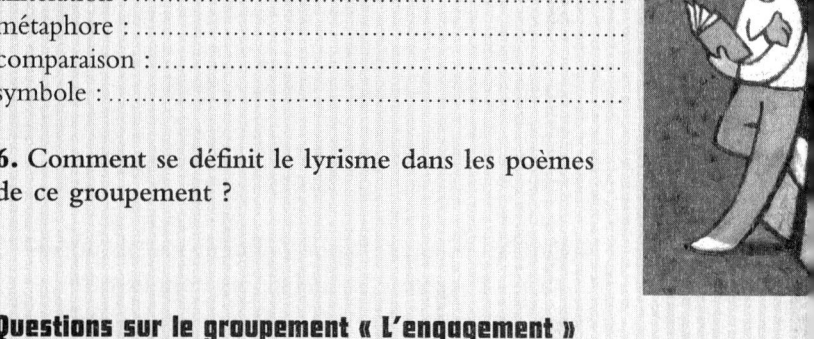

Questions sur le groupement « L'engagement » (pages 27 à 47)

7. Lequel de ces poèmes n'appartient pas au XXe siècle ?
....

8. Quels poèmes ne font pas référence aux événements de la Seconde Guerre mondiale ?
....
....

Retour sur l'œuvre

9. Quels poèmes appartiennent à la littérature de la Résistance ?

....
....

10. Indiquez si les propositions suivantes sont vraies ou fausses en cochant la bonne case.   V   F

a) Dans « Le dormeur du val », le soldat est blessé. ☐ ☐
b) Le poème « Liberté » est devenu l'hymne de la Résistance. ☐ ☐
c) Dans la « Ballade de celui qui chanta dans les supplices » d'Aragon, le héros chante *Le chant des partisans*. ☐ ☐
d) Barbara se promène dans Brest, rue de Siam. ☐ ☐
e) F.F.I. signifie Forces fédérées internationales. ☐ ☐
f) Un déserteur est un homme qui refuse de faire la guerre. ☐ ☐
g) « Le chant des partisans » a été mis en musique et chanté pendant la guerre. ☐ ☐

11. Quelles images n'appartiennent pas au poème d'Eluard, « Liberté » ? Cochez les bonnes cases.
a) la couronne des rois ☐
b) les feuilles du silence ☐
c) les soupirs de l'aube ☐
d) les chiffons d'azur ☐
e) la mousse des nuages ☐
f) les ailes de la nuit ☐

12. Pensez-vous que l'engagement du poète soit utile dans les périodes de troubles ?
À quoi peut servir un poème ou une chanson en temps de guerre ?

Questions sur le groupement
« L'expression du moi » (pages 48 à 64)

13. Reliez chaque poète au siècle auquel il appartient. Certains auteurs sont contemporains.

Paul Verlaine •
Stéphane Mallarmé •   • XXe siècle
Omar Khayyam •   • Moyen Âge
Joachim du Bellay •   • XVIe siècle
Guillaume Apollinaire •   • XIXe siècle
Arthur Rimbaud •

14. Cochez la bonne case pour chaque proposition.
a) Le poète persan Khayyam évoque la ville de :
☐ Babylone.
☐ Constantinople.
☐ Baghdad.

b) Du Bellay, exilé à Rome, se compare à :
☐ un voyageur égaré.
☐ un agneau sans mère.
☐ un marin naufragé.

c) Le poème de Nerval évoque :
☐ un coup de foudre amoureux.
☐ un bonheur enfui.
☐ un rendez-vous au jardin du Luxembourg.

d) « L'albatros » de Baudelaire est un poème sur :
☐ la beauté de l'océan.
☐ la solitude du poète incompris.
☐ les marins au long cours.

e) Dans la « Chanson de la plus haute tour », Rimbaud :
☐ se lamente sur sa jeunesse perdue.
☐ s'adresse à la dame de ses pensées.
☐ prie la Vierge Marie pour son âme.

Retour sur l'œuvre

15. Reconstituez les dispositions de rimes ci-dessous, empruntées aux poèmes que vous avez lus, à l'aide des mots suivants : *livres – lois – appelle – fille – nouveau – mamelle – ivres – brille – cieux – bois – yeux – oiseau.*
Chaque type de rimes comporte quatre mots.

Rimes suivies	Rimes croisées	Rimes embrassées
livres	fille	lois
....	....	....
....	....	....
....	....	....

16. Quel poète a écrit chacun de ces vers ?
Reliez chaque vers à son auteur.

« Je me souviens / Des jours anciens / Et je pleure » •   • Omar Khayyam

« Le Poète est semblable au prince des nuées » •   • Gérard de Nerval

« Quand la vie s'en va, qu'est Balkh et qu'est Baghdad ? » •   • Guillaume Apollinaire

« Entre les loups cruels j'erre parmi la plaine » •   • Paul Verlaine

« La chair est triste, hélas ! et j'ai lu tous les livres » •   • Charles Baudelaire

« Adieu, doux rayon qui m'as lui » •   • Joachim du Bellay

« Les mains dans les mains restons face à face » •   • Stéphane Mallarmé

17. Retrouvez la définition des figures de style suivantes :
périphrase : ....
antithèse : ....
assonance : ....
personnification : ....

18. Quelle est la tonalité dominante des poèmes de ce groupement ? Quels sentiments les poètes expriment-ils ?

Questions sur le groupement « L'adolescence » (pages 65 à 80)

19. Retrouvez dans la grille, grâce aux définitions, les mots en rapport avec le poème « Mignonne, allons voir si la rose… ».

Horizontalement :
A. Représentation d'une réalité par une autre.
B. Cueille le jour, en latin.
C. Mère indigne.

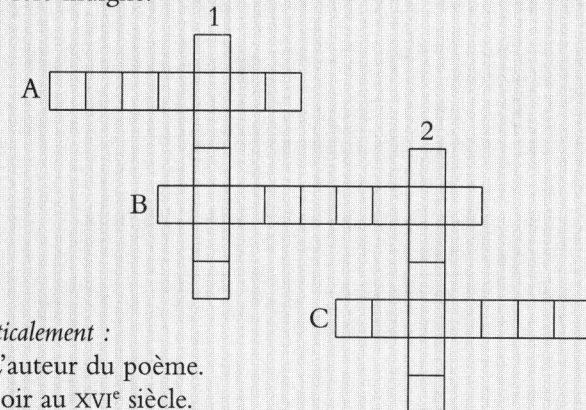

Verticalement :
1. L'auteur du poème.
2. Soir au XVIᵉ siècle.

Retour sur l'œuvre

20. Remettez les vers du poème de Victor Hugo, « Vieille chanson du jeune temps », dans l'ordre du récit en les numérotant.
a) « Rose défit sa chaussure » ☐
b) « Moi, seize ans, et l'air morose » ☐
c) « Depuis, j'y pense toujours » ☐
d) « La rosée offrait ses perles » ☐
e) « Rose au bois vint avec moi » ☐
f) « Rose, droite sur ses hanches » ☐

21. Reliez chaque terme à sa définition.

- tercet •
- quatrain •
- alexandrin •
- sonnet •
- heptasyllabe •

- • vers de sept syllabes
- • poème à forme fixe, composé de quatorze vers
- • strophe de trois vers
- • strophe de quatre vers
- • vers de douze syllabes

22. Relisez attentivement « Ma bohème » et « Prose du Transsibérien et de la petite Jeanne de France », puis répondez aux questions suivantes.

a) La Muse de Rimbaud est :
☐ une étoile.
☐ la déesse de la Nature.
☐ une divinité qui inspire le poète.

b) La Grande-Ourse est :
☐ une constellation ayant la forme d'un ours.
☐ une auberge.
☐ une constellation ayant la forme d'un chariot.

c) La ville d'Éphèse se trouve :
☐ en Grèce.
☐ en Russie.
☐ en Turquie.

d) La Place Rouge se trouve :
- [ ] à Moscou.
- [ ] à Éphèse.
- [ ] à Pékin.

23. Quel poème est la réécriture humoristique de l'ode de Ronsard, « Mignonne, allons voir si la rose… » ?

....

24. Quels poèmes du groupement évoquent un amour de jeunesse ?

....

25. Quels poèmes du groupement ont pour thème le voyage ?

....

Questions sur le groupement « L'expérience du monde » (pages 81 à 104)

26. Reliez chaque poème à la destination ou au(x) lieu(x) qu'il évoque.

- « Je me ferai savant en la philosophie… » •
- « Les deux Pigeons » •
- « Oceano nox » •
- « L'invitation au voyage » •
- « Les conquérants » •
- « Menus » •

- • Cipango et le Nouveau Monde
- • le « *pays qui te ressemble* »
- • le monde entier
- • l'Italie
- • un « *lointain pays* »
- • la mer

Retour sur l'œuvre

27. Vrai ou faux ? Cochez la bonne case.

	V	F
a) Du Bellay se plaint d'avoir perdu son temps en Italie.	☐	☐
b) Pour La Fontaine, les voyages forment la jeunesse.	☐	☐
c) Victor Hugo déplore la disparition des marins naufragés.	☐	☐
d) Baudelaire rêve de partir avec sa fille pour un pays lointain.	☐	☐
e) Dans « Les conquérants », Heredia évoque la conquête du Japon.	☐	☐
f) Rimbaud décrit l'aube en la comparant à une déesse.	☐	☐
g) Les « Menus » de Cendrars n'évoquent que le continent américain.	☐	☐

28. Reconstituez l'ordre de la fable « Les deux Pigeons » en numérotant les phrases.

a) Le Pigeon est pris au piège dans un champ. ☐
b) Le Pigeon rentre chez lui à demi-mort. ☐
c) Le Pigeon est menacé par un Vautour. ☐
d) Le Pigeon s'ennuie au logis et veut voyager. ☐
e) Le Pigeon rassure son frère et part quand même. ☐
f) Un orage éclate. ☐
g) Son frère tente de le dissuader de partir. ☐
h) Un enfant blesse le Pigeon avec sa fronde. ☐

29. Quel texte de ce groupement est un poème en prose ? Qu'est-ce qui le distingue d'un poème en vers ?

....
....

30. Quels poèmes sont composés sous forme de sonnets ? Justifiez votre réponse.

....
....

31. Quels poètes donnent une vision positive du voyage ? Lesquels en donnent une vision négative ? Justifiez votre réponse.

....
....
....
....

Questions sur le groupement « Le dialogue » (pages 105 à 121)

32. Quelle est la moralité de la fable « Le Loup et le Chien » ? Formulez-la sous forme de maxime en vers ou en prose.

....
....

33. Reliez chaque mot ou expression à sa définition en relisant les *Fables* de La Fontaine.

harangue •	• désigner un coupable
peccadille •	• gros chien de garde
expier un forfait •	• imaginaire
fourvoyé •	• pauvre
haire •	• discours
mâtin •	• faute sans gravité
crier haro sur le baudet •	• réparer une faute
chimérique •	• égaré

Retour sur l'œuvre

34. Qui dit quoi ? Reliez chaque vers à son énonciateur.

« J'ai dévoré force moutons »   •   • l'Âne

« A'xiste pas »   •   • René Guy Cadou

« Je suis "où" je ne suis pas »   •   • le Chien

« Quittez les bois, vous ferez bien »   •   • le Lion

« Je tondis de ce pré la largeur de ma langue »   •   • l'élève Hamlet

« Je suis malade du vert des feuilles et des chevaux »   •   • la môme néant

35. Dans le poème de Cadou, pour quelles raisons l'auteur préfère-t-il vivre à la campagne ?

....
....

36. Quel texte du groupement se rapproche le plus d'une scène de théâtre ? Pourquoi ?

....
....

37. Quels textes de ce groupement appartiennent au registre humoristique ?

....
....

Petit traité de versification

LES DIFFÉRENTS TYPES DE VERS

Le vers est caractérisé par le nombre de syllabes qu'il comporte. Les trois types de vers les plus utilisés dans la poésie française jusqu'au XIXe siècle sont :

– l'**alexandrin** : vers de douze syllabes, le plus employé depuis le milieu du XVIe siècle. Il tient son nom d'un poème du XIIe siècle sur Alexandre le Grand ;

– le **décasyllabe** : vers de dix syllabes (du grec *déka*, « dix ») ;

– l'**octosyllabe** : vers de huit syllabes (du grec *oktô*, « huit »).

À partir de la fin du XIXe siècle, sous l'influence de poètes novateurs, les autres types de vers, rarement employés jusque-là, deviennent de plus en plus courants :

• 2 syllabes : dissyllabe. Rare, il est employé avec d'autres types de vers.

• 3 syllabes : trisyllabe. Rare, il est employé avec d'autres types de vers.

• 4 syllabes : tétrasyllabe. Assez rare, il est employé avec d'autres types de vers.

• 5 syllabes : pentasyllabe. Il est employé en poésie moderne, surtout depuis Verlaine et Rimbaud.

• 6 syllabes : hexasyllabe. Il apparaît au XIIe siècle dans la chanson de geste et peut être associé à des vers plus longs dans la poésie lyrique.

• 7 syllabes : heptasyllabe. Associé à d'autres vers au XVIIe siècle (La Fontaine), on le rencontre dans la poésie moderne.

• 8 syllabes : octosyllabe. C'est le plus ancien vers

> **Vocabulaire**
>
> **Versification :** ensemble des règles qui permettent de composer des vers.
>
> **Vers :** suite de mots commençant par une majuscule et se caractérisant par un nombre de syllabes précis, par la rime et par le retour à la ligne.

Petit traité de versification

français, utilisé dans la poésie lyrique médiévale, et le principal vers après l'alexandrin à partir du XVIIe siècle.
• 9 syllabes : ennéasyllabe. Il est utilisé en poésie moderne, surtout à partir de Verlaine.
• 10 syllabes : décasyllabe. Il apparaît dès la fin du Xe siècle dans la poésie épique et s'étend à la poésie lyrique. Il sera supplanté par l'alexandrin à partir du XVIe siècle.
• 11 syllabes : hendécasyllabe. Vers ancien de la liturgie chrétienne, on le retrouve au XIXe siècle chez Verlaine.
• 12 syllabes : alexandrin. Il apparaît au XIIe siècle dans la poésie épique ; il supplante le décasyllabe à partir de la Pléiade (XVIe siècle).

– Le **vers libre**

Inventé à la fin du XIXe siècle par les poètes symbolistes, le vers libre se distingue, comme son nom l'indique, par une grande liberté de forme : liberté de l'organisation des vers au sein de la strophe, elle-même de longueur variable, liberté dans le décompte des syllabes, liberté dans l'utilisation des rimes qui peuvent parfois disparaître. Le poème d'Eluard, « La courbe de tes yeux… » (p. 18), présente les caractéristiques du vers libre.

– Le **verset**

Le mot « verset » désigne depuis le Moyen Âge chacun des paragraphes numérotés de la Bible et de certains textes sacrés. Depuis le début du XXe siècle, le terme désigne aussi une certaine forme poétique en littérature. Du point de vue de la mise en page, le verset se situe entre la notion de vers et celle de paragraphe, certains versets pouvant excéder la ligne et même occuper plusieurs lignes. Les versets comptent un nombre de syllabes variable, mais on y retrouve fréquemment, insérés dans la phrase, des vers traditionnels tels que l'octosyllabe, le décasyllabe ou l'alexandrin. Les versets ne comportent pas de rimes, mais le jeu des sonorités s'établit au moyen de répétitions ou de parentés sonores. Le poème de Senghor, « Femme noire » (p. 24) se compose de versets.

LE DÉCOMPTE DES SYLLABES ET LA RÈGLE DU -E

La syllabe est un groupe de sons (ou phonèmes) organisé autour d'une voyelle. C'est le nombre des syllabes qui détermine le type de vers.
Exemple : *Son / re / gard / est / pa / reil / au / re /gard / des / sta / tues* (Verlaine) = 12 syllabes.
Dans le décompte des syllabes, le *-e* occupe une place particulière car il n'est pas toujours compté : c'est ce que l'on appelle le **-e caduc**, qui peut se trouver en fin de vers ou à l'intérieur du vers.
En fin de vers, le *-e* n'est jamais compté.
Exemple : *Son / nom ? / Je / me / sou / viens / qu'il / est / doux / et / so / nor(e)* (Verlaine) = 12 syllabes.
À l'intérieur du vers, on peut distinguer deux cas :
– Si le *-e* est placé **devant une voyelle**, il n'est **ni compté ni prononcé**.
Exemple : *Je / fais / sou / vent / ce / rê / v(e) é / tran / g(e) et / pé / né / trant* (Verlaine) = 12 syllabes.
– Si le *-e* est placé **devant une consonne,** il est **compté et prononcé**.
Exemple : *Car / el / **le** / me / com / prend, / et / mon / cœur, / trans / pa / rent* (Verlaine) = 12 syllabes.
Il faut donc faire attention à la place du *-e* caduc, non seulement pour bien compter les syllabes et déterminer le type de vers, mais aussi pour bien lire le poème.

Petit traité de versification

La diérèse et la synérèse

Certains vers posent des problèmes de décompte syllabique à cause de la présence de voyelles rapprochées à l'intérieur d'un seul mot, comme dans tous les mots terminés en *-ion* (*tentation, émotion*, etc.) ou dans des mots comme *louis, ruine, précieux, pieux, lion*, etc. Si la langue courante ne compte que trois syllabes dans *ten / ta / tion*, il faut parfois, en poésie, en compter quatre pour respecter le décompte du vers : *ten / ta / ti / on*.

La **diérèse** (ou division) consiste donc à séparer en deux syllabes distinctes les deux voyelles en contact dans un même mot. Elle crée alors un effet stylistique et sert à mettre en valeur un mot ou une idée.

Exemple : *Et / com / me / l'Es / pé / ran / ce est / **vi / o / lent**(e)* (Apollinaire) = 10 syllabes, diérèse sur *violente*.

La **synérèse** (ou rapprochement) unit en une seule syllabe les deux voyelles, comme dans la langue courante.

Exemple : *Le / pre / mier / oui / qui / sort / des / lè / vres / bien / -ai / mées !* (Verlaine) = 12 syllabes, synérèse sur *premier*.

Césures et enjambements

Les vers de plus de huit syllabes comportent une pause rythmique correspondant à une articulation syntaxique entre les groupes de mots : c'est ce que l'on appelle la **césure**.

Chaque moitié de vers est alors appelée **hémistiche**. Dans l'**alexandrin**, la césure est placée après la sixième syllabe et divise donc le vers en deux hémistiches égaux de six syllabes chacun.

Petit traité de versification

Exemple : *Il dort dans le soleil, // la main sur sa poitrine* (Rimbaud) = 6 // 6.

Dans le **décasyllabe**, la césure est traditionnellement placée après la quatrième syllabe, divisant le vers en deux hémistiches inégaux, l'un de quatre syllabes, l'autre de six syllabes.

Exemple : *Je vis, je meurs ; // je me brûle et me noie* (Louise Labé) = 4 // 6.

L'**enjambement** est le débordement d'un groupe syntaxique d'un vers sur l'autre. Exemple :
Je fais souvent ce rêve étrange et pénétrant
***D'une femme inconnue**, et que j'aime, et qui m'aime.*
(Verlaine)

Le **rejet** est une catégorie d'enjambement, plus court que l'hémistiche, au début du vers suivant. Exemple :
– Petit-Poucet rêveur, j'égrenais dans ma course
***Des rimes**. Mon auberge était à la Grande-Ourse.*
(Rimbaud)

Le **contre-rejet** est une catégorie d'enjambement, plus court que l'hémistiche, à la fin du vers précédent. Exemple :
*Les pieds dans les glaïeuls, il dort. **Souriant comme**
Sourirait un enfant malade, il fait un somme.
(Rimbaud)

LES RIMES

• La qualité des rimes

Vocabulaire

Rime : répétition d'un même son (ou phonème) à la fin de deux ou plusieurs vers.

Il existe différents types de rimes, selon le nombre de sons que deux mots ont en commun.

La rime pauvre : les mots qui riment n'ont qu'un son commun. Exemple : *v-ie / am-ie*.

La rime suffisante : les mots qui riment ont deux sons communs.

Exemple : *m-aux* / *ani-m-aux*.
La rime riche : les mots qui riment ont trois sons communs, ou plus.
Exemple : *pro-b-l-è-me* / *b-l-ê-me*.

• La disposition des rimes
Selon leur agencement, les rimes ont un nom différent.
Rimes plates ou suivies : les rimes se suivent selon le schéma **aabb**.
Exemple : blonde **a**   ronde **a**   citer **b**   beauté **b**
Rimes croisées : les rimes se croisent selon le schéma **abab**.
Exemple :   dire **a**   aimer **b**   empire **a**   nommer **b**
Rimes embrassées : une rime **a** encadre une rime **b** selon le schéma **abba**.
Exemple :   azur **a**   luit **b**   pluie **b**   brisure **a**

• Le genre des rimes et l'alternance
Les **rimes féminines** se terminent par un *-e* muet, suivi ou non d'un *-s* ou d'une désinence verbale. Toutes les autres rimes sont appelées **masculines**.
Exemples : *blondes / ronde*   **F**
          citer / beauté   **M**
          maudits / péri   **M**
          lancent / démence   **F**

La distinction entre rimes féminines et rimes masculines repose sur la prononciation d'origine du *-e* final, qui était prononcé mais non compté. Il fallait donc, pour des raisons d'harmonie sonore, faire alterner les rimes féminines et masculines, surtout si le poème était destiné à être mis en musique. À partir de la Renaissance, l'alternance des rimes masculines et féminines est devenue obligatoire et a perduré à

Petit traité de versification

l'époque classique, mais la poésie moderne n'applique pratiquement plus cette règle, devenue caduque puisque nous ne prononçons plus le -e final.
Exemple : Baudelaire, dans « L'invitation au voyage », respecte encore le principe de l'alternance :

> *sœur / douceur* **M**
> *ensemble* **F**
> *loisir / mourir* **M**
> *ressemble* **F**

Les strophes

Vocabulaire

Strophe : groupement de vers liés par la rime et séparé des vers suivants par un blanc.

La strophe est une forme qui est destinée à se répéter dans le poème. Elle peut contenir de deux à douze vers. Les strophes les plus couramment utilisées sont :
– le **quatrain** : groupement de quatre vers ;
– le **tercet** : groupement de trois vers.
Mais on rencontre aussi le **distique** (deux vers qui riment ensemble), le **quintil** (cinq vers), le **sizain** (six vers), le **septain** (sept vers), le **huitain** (huit vers) et le **dizain** (dix vers). Moins fréquemment utilisés sont le **neuvain** (neuf vers), le **onzain** (onze vers) et le **douzain** (douze vers).

Une forme fixe : le sonnet

Le sonnet a été introduit en France au XVIe siècle, importé d'Italie et adapté par le poète Clément Marot. Il s'agit d'un poème bref de quatorze vers, composé de deux quatrains et de deux tercets. Les rimes du sonnet peuvent s'organiser de deux manières :
– abba / abba / ccd / eed ;
– abba / abba / ccd / ede.

Le dernier vers, appelé vers de chute, présente généralement une « pointe », un trait inattendu. L'alexandrin est le type de vers le plus utilisé dans le sonnet, mais il n'est pas obligatoire.

La structure à la fois symétrique et souple du sonnet lui confère une grande harmonie et permet divers jeux d'opposition et de comparaison (voir par exemple le sonnet de Louise Labé, p. 7). C'est la raison pour laquelle le sonnet a connu un très vif succès au XVIe siècle et au XIXe siècle.

LA CHANSON

Si certains poèmes de ce recueil s'intitulent « chanson », « chant » ou « ballade », c'est parce que la poésie est liée à la musique depuis ses origines et que l'une des vocations du poème est d'être mis en musique. En effet, la chanson est avant tout un **poème chanté**, offrant une certaine souplesse de composition et de versification. On parle dans la chanson de **couplets** plutôt que de strophes. La chanson contient aussi, en général, un groupement de vers répété à intervalle régulier, appelé le **refrain**.

Il était une fois la poésie…

Vous étudiez essentiellement en fin de collège la poésie du XIXe et du XXe siècle, à travers des textes qui abordent les thèmes universels des sentiments : l'amour bien sûr, mais aussi les joies et les souffrances de toute vie humaine, ainsi que l'engagement pour des idées, la défense de la liberté et de la dignité de l'homme, le droit au bonheur. Cette poésie – romantique, moderne ou contemporaine – n'est pas apparue en un seul jour. Elle doit beaucoup aux poètes qui l'ont précédée et annoncée, aux textes des poètes anciens devenus « classiques », transmis par des générations d'écrivains et de lecteurs.

L'origine de la poésie se confond avec celle de la religion et du mythe et, aussi loin que nous remontions dans l'histoire, nous trouvons la trace de la poésie dans la vie des hommes. Nous retracerons cette histoire seulement à partir de la Renaissance, époque de la redécouverte enthousiaste des poètes de l'Antiquité et d'une conception nouvelle de la poésie de langue française.

LA RENAISSANCE

Le XVIe siècle, qui correspond en France au siècle de la Renaissance, a marqué un tournant décisif par l'effervescence de son activité poétique et par la modernité de ses conceptions. Placés sous la protection des grands de la Cour ou du roi, certains poètes obtiennent des conditions de travail privilégiées qui leur permettent d'approfondir leur réflexion et leurs recherches sur la poésie.

Il était une fois la poésie...

Clément Marot (1496-1544), protégé par Marguerite de Navarre (sœur de François Ier), a ainsi introduit en France certaines formes poétiques italiennes telles que le sonnet, parallèlement à une production personnelle qui a établi la transition entre la poésie du XVe siècle et celle de la Pléiade.

À peu près au même moment, à Lyon, naissait une école poétique raffinée, influencée elle aussi par la culture italienne. **Louise Labé** (1524-1566) est la figure de proue de cette Renaissance lyonnaise, aux côtés de Maurice Scève et de Pernette du Guillet. Ces poètes développent la poésie lyrique amoureuse, dans la lignée du grand poète italien Pétrarque (1304-1374) et de la poésie courtoise médiévale (voir le sonnet « Je vis, je meurs... », p. 7).

Autour de 1550, quelques brillants poètes rassemblés autour de **Pierre de Ronsard** (voir « Mignonne, allons voir si la rose... », p. 65) et de **Joachim du Bellay** (voir les sonnets des *Regrets*, pp. 50 et 81) au sein de l'école poétique de la **Pléiade**, défendent une nouvelle conception de la poésie de langue française. Comptant enrichir la littérature par l'imitation des grandes œuvres de l'Antiquité et de la poésie italienne, ils développent l'usage de formes nouvelles (comme le sonnet) ou antiques (comme l'ode) et généralisent l'emploi de l'alexandrin qui s'imposera comme le vers français par excellence. Leurs thèmes de prédilection sont l'amour, la nature, le temps et, fait nouveau, l'inspiration poétique elle-même. La **poésie lyrique**, expression de sentiments personnels sur le mode de la plainte ou de la confidence intime, connaît alors un essor considérable, son meilleur représentant en étant du Bellay dans le recueil des *Regrets*.

À retenir

Au XVIe siècle, les poètes de l'École lyonnaise, comme Louise Labé, s'inspirent des auteurs italiens et développent l'usage du sonnet.

Vers 1550, les poètes de la Pléiade, Ronsard et du Bellay, enrichissent la littérature par l'imitation des poètes antiques et favorisent la poésie lyrique.

La poésie lyrique est l'expression de sentiments personnels sur le mode de la plainte ou de la confidence intime.

Il était une fois la poésie...

LE XVIIᵉ SIÈCLE

Au XVIIᵉ siècle, les poètes restent attachés au service des grands seigneurs ou du roi, mais l'apparition des salons, dans la haute société aristocratique, leur donne aussi l'occasion d'exercer leur talent et de se faire connaître. Le début du siècle, encore marqué par la tragédie des guerres de Religion, correspond à la période dite **baroque**, où tous les arts reflètent une même sensibilité, faite d'instabilité, de mouvement, de fantaisie, mais aussi de pessimisme et de fascination pour la mort. La poésie de cette époque porte la trace des incertitudes des hommes face au monde et invite souvent à la méditation religieuse. Mais la tendance baroque n'exclut pas les jeux galants et mondains que l'on appréciait dans les salons et que l'on a appelé la **préciosité**. Avec le règne de Louis XIV (1661-1715), les arts évoluent peu à peu vers le **classicisme**, où domine la mesure, l'équilibre et la raison. La poésie n'échappe pas à la règle et se voit strictement codifiée. C'est à l'Académie française, créée en 1635 par Richelieu, que revient la tâche d'établir ces règles de mesure et de sobriété, que Nicolas Boileau a fixées une fois pour toutes dans son *Art poétique* (1674). La poésie, ainsi ordonnée, a désormais pour mission de célébrer les « grands », c'est-à-dire le roi et les grands seigneurs. Les auteurs de tragédie – qui écrivaient en vers – tels **Corneille** ou **Racine**, mais aussi l'auteur des *Fables*, **Jean de La Fontaine**, appartiennent à la mouvance classique (voir les fables pp. 83, 105 et 113).

À retenir

Le début du XVIIᵉ siècle est marqué par l'art baroque qui privilégie l'exubérance et la variété ; tandis que la seconde moitié du siècle fait évoluer la poésie vers le classicisme, où dominent la mesure et l'équilibre.

Il était une fois la poésie...

LE XVIIIᵉ SIÈCLE

Au XVIIIᵉ siècle, la poésie passe au second plan dans la hiérarchie des genres littéraires car on la considère comme un divertissement, dans un siècle préoccupé par le progrès scientifique et les changements politiques et sociaux qui mènent à la Révolution de 1789. On assigne cependant à la poésie un rôle dans les débats d'idées, elle sert à attaquer ou à défendre une opinion, à travers l'**épigramme**, ou encore à instruire et à illustrer des thèses politiques ou philosophiques, dans la **poésie didactique**. À la fin du siècle, toutefois, on assiste à un renouveau de la poésie lyrique, qui annonce le romantisme.

LE XIXᵉ SIÈCLE

• Le romantisme

Au début du XIXᵉ siècle, le mouvement romantique se constitue par réaction aux excès révolutionnaires ; les poètes souhaitent revenir soit à l'expression intime des sentiments individuels, soit à la poésie lyrique. Des poètes tels que **Victor Hugo**, **Alfred de Musset** ou encore **Alphonse de Lamartine**, qui se voient comme des prophètes ou des « éclaireurs » du peuple, expriment, dans des poèmes exaltés où l'émotion l'emporte sur la raison, le sentiment de communion qui les unit à la nature et les passions de l'âme (*Les Rayons et les Ombres* de Hugo, *Les Nuits* de Musset, les *Méditations poétiques* de Lamartine). Les contraintes formelles du siècle classique sont abandonnées pour des formes plus libres où le lyrisme peut s'épancher : odes et ballades, poèmes longs. Les poètes romantiques défendent aussi le mélange des genres tragique et comique, des

> **À retenir**
>
> **La poésie romantique** bouleverse les règles du classicisme en introduisant le mélange des genres et privilégie l'expression des sentiments.

registres du beau et du laid et n'hésitent pas à employer des images frappantes. Ils poursuivent ainsi l'ambition d'une poésie qui serait l'écho du monde, dans toute sa complexité (voir « Oceano nox » de Victor Hugo, p. 87).

• Le Parnasse

Dans la seconde moitié du XIXe siècle, certains poètes, en rupture avec l'expression des sentiments romantiques, souhaitent mettre en valeur le travail poétique lui-même qu'ils comparent volontiers au travail du sculpteur ou de l'orfèvre. Ces poètes, appelés **parnassiens** (du nom du mont Parnasse, consacré à Apollon), ont le culte du travail minutieux de la langue et défendent la théorie de **l'art pour l'art** qui relègue les sentiments du poète au second plan. La poésie n'est plus faite pour le peuple mais pour une minorité d'érudits et de lettrés capable d'en comprendre les subtilités. **Leconte de Lisle**, auteur des trois recueils *Poèmes antiques* (1852), *Poèmes barbares* (1862) et *Poèmes tragiques* (1884), et **José Maria de Heredia**, auteur des *Trophées* (1893), sont les deux meilleurs représentants du mouvement parnassien (voir « Les conquérants », p. 96).

> **À retenir**
>
> **Les poètes parnassiens** défendent la théorie de l'art pour l'art : ils privilégient le style plutôt que l'expression des sentiments.

• Le symbolisme

En marge du mouvement parnassien, d'autres poètes ont commencé à s'exprimer de manière originale, s'écartant peu à peu du modèle, jugé artificiel, des poètes de l'art pour l'art. **Gérard de Nerval** et **Charles Baudelaire**, en prônant une poésie de la suggestion, des symboles invisibles, des rapports impalpables entre les êtres et les objets, ont été les précurseurs du symbolisme (voir « L'invitation au voyage » de Baudelaire, p. 90). Le recueil des *Chimères* de Nerval

Il était une fois la poésie...

ou celui des *Fleurs du Mal* de Baudelaire illustrent cette nouvelle tendance, à travers une poésie difficile, voire obscure, que le lecteur est invité à déchiffrer et à interpréter. On assiste au même moment à l'émergence de formes poétiques nouvelles, telles que le **poème en prose**, auquel Baudelaire donne ses lettres de noblesse dans *Le Spleen de Paris* (1866). Ce genre neuf, qui relève le pari difficile de mêler prose et poésie, valorise la singularité du regard du poète à travers des récits ou des tableaux suggestifs où les images se mettent au service de la description (voir le groupement de textes « Poèmes en prose », p. 152).

À la suite de ces deux auteurs, les poètes symbolistes comme **Paul Verlaine** ou **Stéphane Mallarmé** ont cherché, chacun dans un style différent, à susciter l'émotion par le mystère des rapprochements poétiques, par la musique de la langue et des sonorités. Verlaine en particulier, dans les *Poèmes saturniens* (1866) ou les *Fêtes galantes* (1869), attache une grande importance à la musicalité du vers (voir « Mon rêve familier » et « Chanson d'automne » pp. 11 et 58). De son côté, Mallarmé, à la recherche d'une « poésie pure », travaille les symboles au point de produire des poèmes au sens obscur, volontairement hermétiques, c'est-à-dire difficiles à comprendre. Le sens passe ainsi au second plan, derrière le travail sur les mots et leurs sonorités qui doivent susciter l'émotion particulière de la lecture (voir « Brise marine », p. 64).

En marge des différents mouvements poétiques du XIXe siècle, il faut accorder une place particulière au poète **Arthur Rimbaud**, ami de Verlaine, qui rejeta assez rapidement tous ces modèles pour suivre sa propre voie, profondément originale. Sa poésie, novatrice et

> **À retenir**
>
> **Le mouvement symboliste** a donné naissance à quelques poètes majeurs du XIXe siècle : Baudelaire, Verlaine, Mallarmé.

Il était une fois la poésie…

contestataire, porte la marque d'une certaine violence intérieure et d'un génie incontestable de la langue. Après la période dite du « *voyant* », où Rimbaud a l'ambition de révolutionner la poésie grâce à « *un dérèglement de tous les sens* », mais où il produit toutefois des poèmes encore « académiques » (voir « Le dormeur du val », p. 27 et « Ma bohème », p. 72), le poète s'achemine rapidement vers la prose poétique, héritée de Baudelaire mais portée à un point d'expressivité jamais atteint : le recueil des *Illuminations (1886)*, en particulier, a bouleversé le paysage poétique de la fin du XIXe siècle et anticipé sur la création moderne (voir « Aube », p. 101).

LE XXᴇ SIÈCLE

• L'esprit nouveau

> **À retenir**
>
> **Le début du XXe siècle** est marqué par « l'art nouveau ». En poésie, Apollinaire incarne cette nouvelle tendance.

À l'aube du XXe siècle, les profonds changements liés à l'ère industrielle influencent tous les domaines de l'art. Un vent de modernité souffle sur l'ensemble de la création, qu'il s'agisse de la peinture, de l'architecture ou bien de la poésie. Les expositions universelles, l'extension du réseau ferroviaire, la construction de la tour Eiffel, du métro, transforment le paysage urbain et fascinent les poètes. La poésie ne se cantonne plus au domaine des sentiments ou des jeux de la langue, mais s'intéresse à ces sujets modernes que sont la ville et le progrès technique. **Guillaume Apollinaire** se fait le porte-parole de ce mouvement, proche de la peinture cubiste et de Picasso, où les formes anciennes et notamment symbolistes sont dépassées. La distinction entre prose et poésie tend à s'estomper, la ponctuation

Il était une fois la poésie...

et la mise en espace du poème sur la page sont bouleversées dans les recueils tels qu'*Alcools* (voir « Le pont Mirabeau », p. 59) et surtout *Calligrammes* d'Apollinaire (1918).

• Le surréalisme

Au lendemain de la Première Guerre mondiale, un nouveau mouvement poétique, radicalement différent des précédents, émerge. Ce mouvement, appelé surréalisme, conteste l'ordre établi de la société et de la littérature. Il entend moderniser la poésie par le rejet de toute contrainte et par la liberté totale de l'imagination. Les poètes surréalistes souhaitent laisser s'exprimer les pulsions secrètes du rêve et du désir, en dehors de tout contrôle par la raison. Ils privilégient ainsi l'écriture automatique, une forme de création proche de l'hypnose où l'imagination peut dériver à sa guise. Ils apprécient aussi les jeux poétiques, les cadavres exquis, les collages et la transcription des rêves. Souvent pleine d'humour et volontiers provocatrice, la poésie surréaliste suscite des images totalement inattendues, en apparence incongrues. **André Breton** a été le chef de file de ce mouvement qui a rassemblé des poètes aussi célèbres que **Paul Eluard**, **Robert Desnos** ou **Louis Aragon**.

> **À retenir**
>
> **Les poètes surréalistes**, André Breton, Paul Eluard, Robert Desnos ou Louis Aragon, donnent libre cours à l'imaginaire et à la fantaisie, en suscitant des images inattendues.

• La poésie de la Résistance

À partir de la Seconde Guerre mondiale, et bien que le roman soit devenu le genre littéraire le plus représenté, la poésie n'en continue pas moins de susciter des œuvres de premier plan. L'épisode de la guerre et de l'Occupation (1939-1945) provoque un renouveau

Il était une fois la poésie...

poétique avec l'émergence d'une véritable poésie de la Résistance, qui rayonne grâce à de nombreuses revues et maisons d'éditions clandestines implantées en zone libre (*Cahiers du Sud, Cahiers du Rhône*, etc.). La poésie a alors pour vocation d'affirmer, dans l'urgence de la guerre, l'absolu de la liberté et l'engagement du poète aux côtés des combattants.

Les auteurs issus du surréalisme, en particulier **Robert Desnos**, **Paul Eluard** et **Louis Aragon**, trouvent des accents déchirants pour chanter la douleur de la France occupée et l'espoir de lendemains meilleurs. C'est la guerre civile espagnole qui pousse Eluard à s'engager ; il écrit en 1936 : « *Le temps est venu où tous les poètes ont le droit et le devoir de soutenir qu'ils sont profondément enfoncés dans la vie des autres hommes, dans la vie commune.* » La Seconde Guerre mondiale ne fait que confirmer la volonté d'engagement d'Eluard qui fait paraître *Le Livre ouvert, Poésie et Vérité* (1942), où est publié « Liberté » (voir p. 31), *Au rendez-vous allemand* (1944). Aragon, quant à lui, développe dans les recueils des années 1942-1944 les thèmes jumelés de l'amour et du patriotisme et affirme la nécessité de garder l'espoir (voir « Les Yeux d'Elsa », p. 21 et « Ballade de celui qui chanta dans les supplices », p. 35).

À retenir

L'épisode de l'Occupation pousse certains poètes, comme Eluard et Aragon, à s'engager dans la Résistance.

• La poésie depuis 1945

Après 1945, les mouvements et les écoles poétiques ont tendance à laisser place à des auteurs singuliers, porteurs d'une vision particulière du monde, souvent empreinte d'humour. **Jacques Prévert** se distingue par son goût pour une poésie du quotidien, ce qui ne l'empêche pas d'exprimer dans un langage simple

Il était une fois la poésie...

un idéal de liberté et de fraternité. Ancien surréaliste, Prévert privilégie, dans une forme libre, les accumulations et les listes qui redonnent aux objets leur dimension poétique (voir « Le jardin », p. 26 et « L'accent grave », p. 120). Les jeux avec les mots et la forme du poème, hérités du surréalisme, continuent de prévaloir chez des poètes comme **Jean Cocteau**, **Raymond Queneau** (voir « Si tu t'imagines », p. 79), ou **Jean Tardieu** (voir « Conversation », p. 115 et « La môme néant » p. 116), tandis que d'autres auteurs font renaître une forme de lyrisme (**René Guy Cadou, Léopold Sédar Senghor**). Le point commun à ces œuvres poétiques contemporaines est qu'elles manifestent une certaine fascination pour les pouvoirs du langage et s'interrogent sur les mécanismes de la création (**René Char, Yves Bonnefoy, Alain Bosquet**).

Parallèlement à cette création variée se fait jour une poésie dite de la « négritude », qui exalte l'âme noire. De langue française, cette poésie a pour vocation de révéler la vision du monde qui est celle du peuple noir et de l'intégrer à l'universalité des hommes. **Léopold Sédar Senghor**, poète sénégalais, et **Aimé Césaire**, poète antillais, sont les deux figures majeures de la poésie de la négritude. Ces deux poètes joignent l'engagement au lyrisme dans une poésie exigeante qui réunit les influences classiques françaises aux rythmes et aux motifs de la culture noire (voir « Femme noire », p. 24 et « Pour un F.F.I. noir blessé », p. 43).

À retenir

Après 1945, les mouvements poétiques laissent place à des auteurs singuliers : Prévert, Queneau, Tardieu, Char, Bonnefoy, etc.

La poésie de la « négritude », représentée par Senghor et Césaire, est à la fois lyrique et engagée.

Groupement de textes :
Poèmes en prose

L'expression « poème en prose » peut sembler paradoxale, tant nous sommes habitués à distinguer la prose de la poésie, mais si l'on considère que la poésie ne se limite pas à la seule versification et qu'elle traduit un état d'esprit, une vision du monde autant que l'art de fabriquer des vers, on s'apercevra que de nombreux textes non versifiés ont des qualités poétiques : regard singulier sur le monde, réseaux d'images ou échos sonores, rythme et souffle de la phrase. Les réflexions sur la frontière entre prose et poésie ont commencé à porter leurs fruits au XIXe siècle, avec les premiers poètes romantiques, mais c'est à Charles Baudelaire, l'auteur des *Fleurs du Mal*, que l'on doit l'invention pure et simple du genre vers 1860, grâce aux textes qui formeront le recueil des *Petits Poèmes en prose* et dont la préface constitue une sorte de manifeste. Baudelaire y dévoile l'ambition de créer *« une prose poétique, musicale sans rythme et sans rime, assez souple et assez heurtée pour s'adapter aux mouvements lyriques de l'âme, aux ondulations de la rêverie »*. Après lui, de nombreux poètes s'empareront de cette forme nouvelle qui permet de s'affranchir des contraintes du vers et favorise l'invention poétique.

« L'INVITATION AU VOYAGE », DE CHARLES BAUDELAIRE

Ce poème en prose est le « pendant » du poème de même titre paru dans *Les Fleurs du Mal* et présenté page 90. Baudelaire avait en effet conçu ses poèmes en prose dans la continuité du recueil des *Fleurs du Mal* mais il espérait

Poèmes en prose

« *produire un livre plus singulier* » où il pourrait associer
« *l'effrayant avec le bouffon, et même la tendresse avec la haine* ».
À propos de ses *Petits Poèmes en prose*, il écrit en 1866 :
« *En somme, c'est encore* Les Fleurs du Mal, *mais avec beaucoup
plus de liberté, de détail, et de raillerie.* »
La comparaison des deux versions de « L'invitation au voyage »
permet en effet de constater que Baudelaire y développe
les détails et l'assimilation de la femme aimée à un paysage
exotique. Mais en attirant l'attention du lecteur sur le poème
versifié par une allusion explicite, il suggère surtout une lecture
qui fasse le va-et-vient entre vers et prose.

Il est un pays superbe, un pays de Cocagne[1], dit-on, que je rêve de visiter avec une vieille amie. Pays singulier, noyé dans les brumes de notre Nord, et qu'on pourrait appeler l'Orient de l'Occident, la Chine de l'Europe, tant la chaude et capricieuse fantaisie s'y est donné carrière, tant elle l'a patiemment et opiniâtrement illustré de ses savantes et délicates végétations.

Un vrai pays de Cocagne, où tout est beau, riche, tranquille, honnête ; où le luxe a plaisir à se mirer dans l'ordre ; où la vie est grasse et douce à respirer ; d'où le désordre, la turbulence et l'imprévu sont exclus ; où le bonheur est marié au silence ; où la cuisine elle-même est poétique, grasse et excitante à la fois ; où tout vous ressemble, mon cher ange.

Tu connais cette maladie fiévreuse qui s'empare de nous dans les froides misères, cette nostalgie du pays qu'on ignore, cette angoisse de la curiosité ? Il est une contrée qui te ressemble, où tout est beau, riche, tranquille et honnête, où la fantaisie a bâti et décoré une Chine occidentale, où la vie est douce à respirer, où le bonheur est marié au silence. C'est là qu'il faut aller vivre, c'est là qu'il faut aller mourir !

Oui, c'est là qu'il faut aller respirer, rêver et allonger les heures par l'infini des sensations. Un musicien a écrit l'*Invitation à la*

---

1. *pays de Cocagne :* pays imaginaire, où règne l'abondance.

valse[1] ; quel est celui qui composera l'*Invitation au voyage*, qu'on puisse offrir à la femme aimée, à la sœur d'élection ?

Oui, c'est dans cette atmosphère qu'il ferait bon vivre, – là-bas, où les heures plus lentes contiennent plus de pensées, où les horloges sonnent le bonheur avec une plus profonde et plus significative solennité.

Sur des panneaux luisants, ou sur des cuirs dorés et d'une richesse sombre, vivent discrètement des peintures béates, calmes et profondes, comme les âmes des artistes qui les créèrent. Les soleils couchants, qui colorent si richement la salle à manger ou le salon, sont tamisés par de belles étoffes ou par ces hautes fenêtres ouvragées que le plomb divise en nombreux compartiments. Les meubles sont vastes, curieux, bizarres, armés de serrures et de secrets comme des âmes raffinées. Les miroirs, les métaux, les étoffes, l'orfèvrerie et la faïence y jouent pour les yeux une symphonie muette et mystérieuse ; et de toutes choses, de tous les coins, des fissures des tiroirs et des plis des étoffes s'échappe un parfum singulier, un *revenez-y*[2] de Sumatra[3], qui est comme l'âme de l'appartement.

Un vrai pays de Cocagne, te dis-je, où tout est riche, propre et luisant, comme une belle conscience, comme une magnifique batterie de cuisine, comme une splendide orfèvrerie, comme une bijouterie bariolée ! Les trésors du monde y affluent, comme dans la maison d'un homme laborieux et qui a bien mérité du monde entier. Pays singulier, supérieur aux autres, comme l'Art l'est à la Nature, où celle-ci est réformée par le rêve, où elle est corrigée, embellie, refondue.

Qu'ils cherchent, qu'ils cherchent encore, qu'ils reculent sans cesse les limites de leur bonheur, ces alchimistes de l'horti-culture ! Qu'ils proposent des prix de soixante et de cent mille florins pour qui résoudra leurs ambitieux problèmes ! Moi, j'ai trouvé ma *tulipe noire*[4] et mon *dahlia bleu*[5] !

---

1. *Invitation à la valse* : morceau de musique du compositeur Carl Maria von Weber (1819), transcrit pour orchestre par Berlioz (1841).

2. *revenez-y* : expression familière ; qui donne envie de revenir.

3. *Sumatra* : île de l'Indonésie.

4. *tulipe noire* : titre d'un roman d'Alexandre Dumas (1850) ; fleur impossible.

5. *dahlia bleu* : chanson de Pierre Dupont ; fleur impossible.

Fleur incomparable, tulipe retrouvée, allégorique dahlia, c'est là, n'est-ce pas, dans ce beau pays si calme et si rêveur, qu'il faudrait aller vivre et fleurir ? Ne serais-tu pas encadrée dans ton analogie, et ne pourrais-tu pas te mirer, pour parler comme les mystiques, dans ta propre *correspondance* ?

Des rêves ! toujours des rêves ! et plus l'âme est ambitieuse et délicate, plus les rêves l'éloignent du possible. Chaque homme porte en lui sa dose d'opium naturel, incessamment sécrétée et renouvelée, et, de la naissance à la mort, combien comptons-nous d'heures remplies par la jouissance positive, par l'action réussie et décidée ? Vivrons-nous jamais, passerons-nous jamais dans ce tableau qu'a peint mon esprit, ce tableau qui te ressemble ?

Ces trésors, ces meubles, ce luxe, cet ordre, ces parfums, ces fleurs miraculeuses, c'est toi. C'est encore toi, ces grands fleuves et ces canaux tranquilles. Ces énormes navires qu'ils charrient, tout chargés de richesses, et d'où montent les chants monotones de la manœuvre, ce sont mes pensées qui dorment ou qui roulent sur ton sein. Tu les conduis doucement vers la mer qui est l'Infini, tout en réfléchissant les profondeurs du ciel dans la limpidité de ta belle âme ; – et quand, fatigués par la houle et gorgés des produits de l'Orient, ils rentrent au port natal, ce sont encore mes pensées enrichies qui reviennent de l'Infini vers toi.

Charles Baudelaire, « L'invitation au voyage »,
Petits Poèmes en prose (Le Spleen de Paris), 1862.

« L'HORLOGE », DE CHARLES BAUDELAIRE

Si le titre de ce poème en prose fait écho à celui d'un poème versifié des *Fleurs du Mal*, le thème en est bien différent. Alors que « L'horloge » en vers évoquait sur le mode du spleen le thème du temps qui ronge la vie, celui-ci est un poème galant où pointe cependant une légère ironie. Rappelant un usage chinois qui consisterait à voir l'heure dans les yeux des chats, l'auteur prétend, lui, voir l'Éternité dans les yeux de la femme féline. L'assimilation de la femme au chat – qui ont en commun le regard et la sensualité – est un thème cher à Baudelaire et

Groupement de textes

avait déjà fait l'objet de plusieurs poèmes dans le recueil des *Fleurs du Mal*.

> Les Chinois voient l'heure dans l'œil des chats.
> Un jour un missionnaire, se promenant dans la banlieue de Nankin[1], s'aperçut qu'il avait oublié sa montre, et demanda à un petit garçon quelle heure il était.
> Le gamin du céleste Empire hésita d'abord ; puis, se ravisant, il répondit : « Je vais vous le dire. » Peu d'instants après, il reparut, tenant dans ses bras un fort gros chat, et le regardant, comme on dit, dans le blanc des yeux, il affirma sans hésiter : « Il n'est pas encore tout à fait midi. » Ce qui était vrai.
> Pour moi, si je me penche vers la belle Féline, la si bien nommée, qui est à la fois l'honneur de son sexe, l'orgueil de mon cœur et le parfum de mon esprit, que ce soit la nuit, que ce soit le jour, dans la pleine lumière ou dans l'ombre opaque, au fond de ses yeux adorables je vois toujours l'heure distinctement, toujours la même, une heure vaste, solennelle, grande comme l'espace, sans divisions de minutes ni de secondes, – une heure immobile qui n'est pas marquée sur les horloges, et cependant légère comme un soupir, rapide comme un coup d'œil.
> Et si quelque importun venait me déranger pendant que mon regard repose sur ce délicieux cadran, si quelque Génie malhonnête et intolérant, quelque Démon du contretemps venait me dire : « Que regardes-tu là avec tant de soin ? Que cherches-tu dans les yeux de cet être ? Y vois-tu l'heure, mortel prodigue et fainéant ? » je répondrais sans hésiter : « Oui, je vois l'heure ; il est l'Éternité ! »
> N'est-ce pas, madame, que voici un madrigal[2] vraiment méritoire, et aussi emphatique[3] que vous-même ? En vérité, j'ai eu tant de plaisir à broder cette prétentieuse galanterie, que je ne vous demanderai rien en échange.

Charles Baudelaire, « L'horloge »,
Petits Poèmes en prose (Le Spleen de Paris), 1862.

---

1. Nankin : ville de Chine.
2. madrigal : poème galant.
3. emphatique : grandiloquent et compliqué.

Poèmes en prose

« Alchimie du verbe », d'Arthur Rimbaud

En octobre 1873, Arthur Rimbaud vient d'avoir dix-neuf ans mais il a déjà derrière lui un lourd passé de « *poète maudit* ». Son génie, réel, n'est encore connu que d'une poignée de connaisseurs tandis que sa rupture dramatique avec Paul Verlaine le conduit à une amère réflexion sur ses années de bohème. C'est dans ce contexte qu'il publie *Une saison en enfer*, recueil de poèmes en prose où il condamne lui-même ses errances autant que ses erreurs aux côtés de Verlaine. « Alchimie du verbe » est une réflexion désabusée sur les ambitions de Rimbaud qui rêvait de se faire « *voyant* » à l'époque de ses premiers poèmes. L'évolution du vers à la prose semble s'imposer à Rimbaud comme une nécessité, au fur et à mesure que son art arrive à maturité.

> À MOI. L'histoire d'une de mes folies.
>
> Depuis longtemps je me vantais de posséder tous les paysages possibles, et trouvais dérisoires les célébrités de la peinture et de la poésie moderne.
>
> J'aimais les peintures idiotes, dessus de portes, décors, toiles de saltimbanques, enseignes, enluminures populaires ; la littérature démodée, latin d'église, livres érotiques sans orthographe, romans de nos aïeules, contes de fées, petits livres de l'enfance, opéras vieux, refrains niais, rhythmes[1] naïfs.
>
> Je rêvais croisades, voyages de découvertes dont on n'a pas de relations, républiques sans histoires, guerres de religion étouffées, révolutions de mœurs, déplacements de races et de continents : je croyais à tous les enchantements.
>
> J'inventai la couleur des voyelles ! – *A* noir, *E* blanc, *I* rouge, *O* bleu, *U* vert. – Je réglai la forme et le mouvement de chaque consonne, et, avec des rhythmes instinctifs, je me flattai d'inventer un verbe poétique accessible, un jour ou l'autre, à tous les sens. Je réservais la traduction.
>
> Ce fut d'abord une étude. J'écrivais des silences, des nuits, je notais l'inexprimable. Je fixai des vertiges.
>
> Arthur Rimbaud, « Alchimie du verbe », *Une saison en enfer*, 1873.

---

1. rhythmes : orthographe admise.

Groupement de textes

« LES SURPRISES DU DIMANCHE », DE JEAN TARDIEU

Au moment où Jean Tardieu publie le recueil de *La Première Personne du singulier* (1952), dont est extrait « Les surprises du dimanche », le genre du poème en prose est largement pratiqué. Cultivant l'humour et l'insolite, l'art de Jean Tardieu est un hommage à la poésie en même temps qu'une réflexion approfondie sur les possibilités du langage. Ce petit récit en apparence absurde – mais qui se clôt sur une allégorie de la poésie – est un bon exemple de la fantaisie créatrice de l'auteur.

La conversation s'engagea au milieu du jardin. Les interlocuteurs, au prix de douloureuses courbatures, faisaient semblant d'être assis, mais aucun siège ne les portait. Ils formaient un cercle parfait autour d'un tout petit cheval qui était là Dieu sait pourquoi.
(Un peu plus loin, autour de la pelouse, les chaises et les fauteuils faisaient cercle de leur côté.)
On parla d'abord de la question des ponts, puis de la question des ponts de bois, puis des bois de pins, puis des sapins, puis des lapins, puis de la jungle et des ours.
À ce moment (quand on parle du loup !...) un ours parut sur la route, son accordéon sur le ventre, la cigarette au bec. Il dansait en s'accompagnant.
Les chaises et les fauteuils pris de panique rentrèrent précipitamment à la maison.
Les interlocuteurs lassés d'un long effort s'étendirent sur l'herbe.
La nuit vint. L'ours chantait. J'étais heureux.
Le petit poulain grandit, devint plus haut qu'un chêne – et blanc d'écume comme la mer. C'était Pégase, le cheval de la poésie, celui que nous révérons tous.

Jean Tardieu, « Les surprises du dimanche »,
La Première Personne du singulier, Gallimard, 1952.

Bibliographie

ANTHOLOGIES

– *Anthologie de la poésie française du XIXe siècle*, coll. « Poésie », Gallimard, 2 volumes, 1984, 1992.
– *Anthologie de la poésie française du XXe siècle*, coll. « Poésie », Gallimard, 2 volumes, 2000.
– Jacques Charpentreau, *Trésor de la poésie française*, Hachette Jeunesse, 3 tomes, 1997.
– Maurice Coyau, *Le Livre du haïku, anthologie-promenade*, Phébus, 1978.
– André Gide, *Anthologie de la poésie française*, « La Pléiade », Gallimard, 1949.
– Jean Orizet, *Les Cent Plus Beaux Poèmes de la langue française*, Le Cherche Midi, 2001.
– *La Musique en poésie*, coll. « Folio Junior », Gallimard, 1981.
– *Poèmes à dire, une anthologie de la poésie contemporaine francophone*, coll. « Poésie », Gallimard, 2002.
– Georges Pompidou, *Anthologie de la poésie française*, « Le Livre de Poche », Hachette Livre, 1961.
– *Le Temps et les Saisons en poésie*, coll. « Folio Junior », Gallimard, 1980.

POUR LIRE QUELQUES AUTEURS EN PARTICULIER

– Guillaume Apollinaire, *Alcools*, Gallimard, 1920 ; *Calligrammes*, Gallimard, 1925 ; *Poèmes à Lou*, Gallimard, 1969.
– Louis Aragon, *Les Yeux d'Elsa*, Seghers, 1996 ; *La Diane française*, Seghers, 1988 ; *Le Fou d'Elsa*, Gallimard, 2002.

Bibliographie

– Charles Baudelaire, *Les Fleurs du Mal*, « Le Livre de Poche », Hachette Livre, 1999 ; *Petits Poèmes en prose (Le Spleen de Paris)*, « Le Livre de Poche », Hachette Livre, 1998.
– Paul Eluard, *Capitale de la douleur*, « Le Livre de Poche », Hachette Livre, 1998 ; *Au rendez-vous allemand*, éditions de Minuit, 1976.
– Eugène Guillevic, « Dialogues », *Autres*, Gallimard, 1991.
– *Victor Hugo, un poète*, coll. « Folio Junior », Gallimard, 1981.
– Victor Hugo, *Les Contemplations*, « Le Livre de Poche », Hachette Livre, 1980.
– Omar Khayyam, *Rubayat*, Gallimard, 1994.
– Louise Labé, *Œuvres poétiques*, Gallimard, 1983.
– Jean de La Fontaine, *Fables*, coll. « Bibliocollège », Hachette Éducation, 1999.
– Francis Ponge, *Le Parti pris des choses*, Gallimard, 1942.
– Jacques Prévert, *Paroles*, Gallimard, 1970.
– Jacques Réda, *Les Ruines de Paris*, Gallimard, 1993.
– Arthur Rimbaud, *Poésies*, « Le Livre de Poche », Hachette Livre, 1984.
– Léopold Sédar Senghor, *Chants d'ombre* ; *Hosties noires* ; *Éthiopiques*, Œuvre poétique, Seuil, 1964.
– *Jean Tardieu, un poète*, coll. « Folio Junior », Gallimard, 1981.
– Paul Verlaine, *Poèmes saturniens* ; *Fêtes galantes* ; *Romances sans paroles*, « Le Livre de Poche », Hachette Livre, 1997, 2000, 2002.

SITES INTERNET

http://poetes.com
http://www.franceweb.fr/poesie
http://muse.base.free.fr/
http://poesie.webnet.fr/

Achevé d'imprimer en décembre 2024 en Espagne par Black Print
Dépôt légal : juin 2003 – Édition : 20
16/8688/0